디자인 씽킹을 넘어 프로그래밍 씽킹으로

: 코드 한 줄 없이 배우는 코딩

고승원 · 윤상혁

저자 소개

고승원

제주도에 사는 21년 차 개발자이자 2개의 스타트업(IoT, AI 전문 스타트업 (주)제로엠 / ERP, 블록체인 전문 스타트업 (주)리턴밸류) 대표를 맡고 있다. 삼성전자, 현대자동차, CJ제일제당, 지멘스, 존슨앤존슨 등 약 40여 개의 국내외 기업 시스템 구축 컨설턴트 및 개발 리더로 활동하였다. 저서인《The Essentials of Smart Contract Development for Solidity Developers》(2018)는 아마존에서 판매 중이다.

블로그(https://medium.com/@seungwongo)에 60편이 넘는 IT 기술 문서를 연재하고 있고, '개발자의 품격'이라는 유튜브 채널을 통해 IT 기술뿐만 아니라 개발자에게 유익한 다양한 정보를 제공하고 있다. 은혁, 은서, 은솔이 아빠이자 하영이 남편이다.

윤상혁

KAIST 정보경영 석사, 연세대학교 정보시스템 박사학위를 취득한 후, 기술 기반 광고회사인 스마트미디어렙(SMR)에서 데이터 사이언티스트로 활동 중이다. 주요 연구 분야는 디지털 마케팅, 디지털 미디어, 머신러닝, 비즈니스 애널리틱스 등이다. 동국대학교 겸임교수로 재직 중이며, 광고홍보학과 학생을 대상으로 광고데이터 애널리틱스 수업 등을 맡고 있다. 관련 연구들은 SSCI, SCOPUS 논문을 포함해 약 10여 편의 논문이 게재되었다. 저서로《소셜 혁명 TV》(2012)가 있다. 지인이 아빠이자 현진이 남편이다.

추천사

중국 시안교통대학교 이소현 부교수

4차 산업혁명 시대에 AI, 빅데이터 등 스마트 기술의 활용에 대한 수요가 증가하면서 프로그래밍 언어, 코딩 관련 학습 서적들이 즐비합니다. 이 책에서는 프로그래밍 함수나 코드를 무작정 따라가는 방식이 아니라, 프로그래밍에 어떻게 접근해야 하는지를 생각하게 하는 프로그래밍 씽킹에 주목하고 있습니다. 특히, 비전공자들이 코딩을 처음 시작할 때 컴퓨터 언어를 쉽게 이해하고, 코딩을 위해 알아야 하는 개념들을 다양한 예제를 통해 이해하기 쉽게 풀어놓은 책으로 입문자들의 시작에 꼭 필요한 책이라고 생각합니다. 전공자들에게는 문제에 어떻게 접근하고 해결해야 하는지를 생각할 수 있는 기반을 마련해주는 책으로 문제해결 능력을 향상하는 데 있어 이바지할 것입니다. 이 책의 제목처럼 코드 한 줄 없이 코딩을 이해하고 논리적인 사고의 기반이 되는 책으로, 프로그래밍을 이해하고 활용하고자 하는 분들에게 강력하게 추천합니다.

고려대학교 빅데이터융합연구단 김형진 연구교수

프로그래밍 씽킹, 학생들을 가르치면서 항상 고민하던 부분입니다. 누군가 꼭 학습이 가능한 형태로 만들어주기를 고대했는데 저자들이 교육이 가능한 형태로 만들어주었습니다. 무분별하게 쏟아지고 있는 여러 코딩교육 사이에서 무엇이 진정한 경쟁력과 역량을 키워줄 수 있는지 고민해보았다면, 단순히 코드를 입력하는 것이 아닌 컴퓨터가 이해하는 방식과 인간이 이해하는 방식 사이에서 최적점을 찾고 싶던 경험이 있었다면, 이 책이 명쾌한 해결책을 제시하리라 생각합니다. 현업에서 비롯한 저자들의 경험과 비법이 그대로 담겨있습니다.

SBS I&M 김용수 개발자

책의 제목을 보는 순간 '코드를 안 짜고 어떻게 코딩을 하지?'라고 생각했습니다. 한 줄 한 줄 읽으면서 내가 오랫동안 프로그래밍 개발 및 아키텍처 설계 업무를 하며 프로그래밍 씽킹을 하고 있었다고 생각하게 되었습니다. 코로나 19로 인해 비대면 시대가 되면서 우리가 사용하고 있는 인터넷은 단순 소비의 수단이 아닌 생산의 수단이 되어가고 있습니다. 많은 사람이 비대면 교육 및 강의를 하고 심지어 온라인을 통해 함께 공부하는 앱도 있다고 합니다. 그동안은 프로그램 코딩을 통해 특정 개발자라는 직업군에서 인터넷상의 많은 것들을 만들어냈다고 한다면, 앞으로의 세상은 모든 직업군에서 만들어진 환경을 가지고 또 다른 비즈니스를 창출하는 세상이 만들어지고 있습니다. 이러한 관점에서 볼 때 프로그래밍 씽킹을 통해 우리가 무엇을 해야 하고 어떠한 사고를 가져야 하는지 방향을 제시하는 책이라고 생각합니다.

LG유플러스 전병진 개발자

AI, 데이터 분석에 관한 관심과 코딩교육의 대중화로 프로그래밍 언어(코딩)를 접하는 사람들이 급속도로 증가하고 있습니다. 하지만 외국어를 처음 배울 때와 같이 프로그래밍 언어의 낯선 사고방식을 접하기란 쉽지 않은 일입니다. 단순히 영어단어만 외워서는 자유로운 영어 회화가 어려운 것처럼, 프로그래밍은 그 프로세스를 이해하고 익숙해지는 것이 매우 중요합니다. 이 책은 '프로그래밍 씽킹'을 통해 프로그래밍을 매우 이성적이고 논리적으로 설명하고 이해할 수 있도록 도와줍니다. 프로그램이 문제를 해결하는 프로세스를 익숙한 사례에 접목해 쉽게 설명하기 때문에 프로그래밍을 처음 접하는 분들에게 큰 도움이 될 것입니다. 이 책을 통해 프로그래밍 입문자부터 현업에 있는 분들까지 문제를 해결하는 방법에 대해 다시 한번 생각해보는 기회가 되길 바라며, 많은 사람이 프로그래밍을 더 쉽게 접할 수 있는 게기가 되었으면 합니다.

제로엠 정형주 공동대표

이 책은 어떻게 코딩을 코드 한 줄 없이 습득할 수 있을까 하는 명제를 저자들의 경험적 설명을 바탕으로 쉽게 풀어갑니다. 코딩에 대한 기초를 쌓기 위해서는 이를 위한 논리적인 사고가 필수적이며, 이렇게 생각하는 방법을 주요하게 알려줍니다. 이를 '프로그래밍 씽킹(Programming Thinking)'이라고 하며 비전공자에게는 코딩하는 원리를, 전공자에게는 우수한 코드를 짜는 방법을 알려주는 좋은 책입니다.

목 차

들어가며

스티브 잡스(Steve Jobs)는 생전에 한 언론과의 인터뷰를 통해 코딩(프로그래밍)교육에 대해서 다음과 같이 이야기했다.

"모든 사람은 코딩(프로그래밍)을 공부해야 한다. 코딩은 생각하는 방법을 가르쳐준다. 나는 프로그래밍이 교양 과목으로 채택되어 모든 사람이 공부해야 한다고 생각한다."

[그림] 스티브 잡스《코드닷오알지》인터뷰 中

다시 말해, 코딩을 배우는 근본적인 이유는 생각하는 방법을 배우기 위해서이다. 코딩의 사전적 의미는 주어진 명령을 컴퓨터가 이해할 수 있는 언어로 입력하는 것이다. 컴퓨터는 기초 지식이나 편견이 없는 상태로 주어진 명령을 논리적으로 수행한다. 이러한 컴퓨터의 명령 수행 방식을 이해하기 위해서는 논리적인 사고가 필수적이다. 이 책은 프로그래밍 함수나 다양한 예제를 알려주는 것이 아니라, 생각하는 방법을 알려주고자 한다. 이를 '프로그래밍 씽킹(Programming Thninking)'이라고 명명했다. 프로그래밍 씽킹이란 논리적 사고를 통해 생각을 확장시키며 해법을 찾아가는 방식을 의미한다.

이 책은 '프로그램밍 씽킹'을 익히기 위한 첫 번째 책으로, 코드 한 줄 없이 독자들에게 코딩을 알려드리고자 한다. 어떻게 코딩을 코드 한 줄 없이 습득할 수 있을까? 이를 위해서는 코딩에 대한 설명에 앞서 영어로 예시를 들어보겠다. 대한민국 국민이라면 누구나 수년간 교육을 받지만, 막상 말하라고 하면 입이 탁 막혀버리는 영어에 관한 이야기이다.

다음 문장을 영어로 바꾼다고 생각해보자.

> **"제 커피는 시럽을 빼 주세요."**

일단 이 문장을 영어로 표현하라고 하면, 영어에 익숙하지 않은 사람들은 다음과 같은 사고 과정을 거친다.

- 제 커피는 ⇒ my coffee

- 시럽을 ⇒ syrup

- 빼 주세요 ⇒ 음… 빼 주세요…가 뭐지?

많은 사람이 마지막 동사인 "빼 주세요"에서 막힌다. 설령 "빼 주세요"라는 영어 동사를 알더라도 문법적으로 잘못된 문장을 만들었을 가능성도 있다. 영어를 잘하려면 한국인의 문장 사고방식에서 영어식 문장 사고방식으로 변환하는 훈련이 필요하다. 위에서 제시한 "제 커피는 시럽을 빼 주세요."라는 문장의 경우, 아래와 같이 한국식 문장 사고방식에서 영어식 문장 사고방식으로 바꾸는 과정이 필요하다.

- 제 커피는 시럽을 빼 주세요.

- 제 커피에 시럽을 넣는 것을 원하지 않아요.

- 저는 제 커피에 시럽을 넣는 것을 원하지 않아요.

- 저는 시럽을 넣는 것을 원하지 않아요, 제 커피에.

- 저는 원하지 않아요, 시럽을, 제 커피에.

이렇게 한국식 문장을 영어식 문장 사고방식으로 변환하고 나면, 영어 변환이 쉬워진다.

- 저는 ⇒ I

- 원하지 않아요 ⇒ don't want

- 시럽을 ⇒ syrup

- 제 커피에 ⇒ in my coffee

이 과정을 통해 우리는 최종적인 영어 문장을 얻을 수 있다.

- I don't want syrup in my coffee.

이 책은 코딩을 알려주는 책인데, 왜 갑자기 영어를 얘기하고 있을까? 일단 다음 한 문장만 더 영어로 바꿔보는 훈련을 해보자. 레스토랑에서 스테이크를 주문했는데, 내 고기에는 소금을 조금만 뿌려 달라고 얘기하고 싶을 때 영어로 어떻게 바꾸어야 할까?

> **"제 고기에는 소금을 조금만 뿌려주세요."**

이제 이 문장을 영어식 문장 사고방식으로 바꿔야 한다.

- 제 고기에는 적은 양의 소금을 원합니다.
- 저는 제 고기에는 적은 양의 소금을 원합니다.
- 저는 적은 양의 소금을 원합니다, 제 고기에는.

영어식 문장 사고방식으로 문장을 변환하고 나서 영어로 변환해보자.

- 저는 ⇒ I
- 원합니다 ⇒ want
- 적은 양의 소금 ⇒ little salt
- 제 고기에는 ⇒ in my meat

이러한 프로세스를 통해 최종적으로 다음의 영어 문장을 완성할 수 있다.

- I want little salt in my meat.

컴퓨터와 소통하기 위해서는 언어(Language)를 배워야 하는데 이를 '프로그래밍 언어'라고 부른다. 대표적인 프로그래밍 언어로는 C, 자바, 파이선, 자바스크립트 등이 있다. 프로그래밍 언어를 배우기 위해서는 외국어를 배우는 것처럼, 우리의 언어를 컴퓨터가 이해할 수 있는 언어식 표현으로 변환하는 훈련이 필요하다. 이 책은 해결하고자 하는 문제나 구현하고자 하는 프로그램을 바로 코딩하는 것이 아니라, 여러분의 사고를 컴퓨터가 이해할 수 있는 프로그래밍 언어 문장으로 변환하는 방법에 대해 소개하고자 한다. 이 방법을 익히고 나면 프로그래밍에도 도움이 될 뿐만 아니라 실생활과 비즈니스상에서 발생하는 문제를 해결하는 데도 큰 도움이 될 것이다.

예를 들어, 방에 전등이 고장 나서 고쳐야 한다면 어떻게 해야 할까? 여러분의 머릿속에서는 '전등 종류 확인 → 온라인 주문 → 전등 교체'라는 프로세스를 자연스럽게 구성할 수 있을 것이다.

이와 같은 프로세스 구성에는 특별한 고민이 필요 없다. 왜냐하면, 이러한 일상적인 일의 해결 과정은 여러분이 수십 년간 해결해오면서 의식의 흐름(사고)으로 자리잡았기 때문이다. 군이 노트에 적거나 많은 시간 고민할 필요도 없이, 자연스럽게 해결 과정이 머리에 떠오르면서 간단하게 정리된다. 이와 같은 의식의 흐름의 결과물이 곧 프로그램이고, 코딩인 셈이다. 여기서 코딩 실력의 차이는 얼마나 프로그램 문법을 많이 알고 있는지가 아니라, 얼마나 논리적으로 사고하고 이를 확장할 수 있는가에 달려있다.

다시 전등 문제로 돌아가서, 전등 교체를 순서대로(논리적으로) 하지 않으면 문제가 해결되지 않는다. 만약 전등의 종류를 모르거나 원하는 전등을 온라인에서 판매하지 않거나, 전등 교체 방법을 모른다면 어떻게 할까? 사실 각 프로세스의 해결 방법을 모른다고 해도 상관없다. 그 문제 역시 논리적인 사고의 확장으로 해결할 방법이 있기 때문이다. 이를 통해 일반적인 프로세스로 전등을 교체하는 것보다 더욱 좋은 결과를 얻을 수도 있다.

프로그램을 만들거나 코딩을 하기 위해서는 의식의 흐름(프로세스)을 프로그램 언어로 변환할 수 있도록 훈련해야 한다. 이 책은 독자들의 머릿속에 있는 의식의 흐름을 컴퓨터가 이해할 수 있는 문장으로 변환하는 방법을 알려줄 것이다. 이 방법을 터득한 이후에는 실제 프로그램 코드를 사용해야 할 때 필요한 프로그램 문법만 찾을 수 있으면 누구나 두려움 없이 코딩할 수 있게 될 것이다.

프로그래밍 씽킹

1장

프로그래밍 씽킹을
배워야 하는 이유

프로그래밍 씽킹을 배워야 하는 이유

1.1 누구나 '코딩'을 할 수 있지만,
모두가 '프로그래머'가 되지는 않는다

인공지능(AI), 사물인터넷(IoT), 로봇 공학 등 4차 산업혁명과 관련된 미래 유망 기술이 전 세계를 휩쓸고 있다. 즉, 우리는 필연적으로 인공지능과 함께 살아가야 할 것으로 보인다. 인공지능을 생활의 일부로 받아들이기 위해서는 컴퓨터와 소통하는 방법을 알아야 한다. 20세기에는 글로벌화로 외국인과 영어로 대화하는 능력이 중요했다면, 21세기에는 디지털화로 인공지능 및 컴퓨터와 대화할 수 있는 언어 능력이 필요하게 될 것이다. 이것이 바로 코딩이다.

[그림 1-1] 4차 산업 혁명

21세기 만국 공통어라고 불리는 코딩은 전 세계에서 사용되고 있으며, 우리 주변에 있는 대부분의 가전제품과 기계제품에도 들어가 있다. 예를 들어, 돈을 넣고 버튼을 누르면 음료가 나오는 자판기 역시 코딩으로 동작한다. 우리가 매일 타고 내리는 엘리베이터, 냉장고, 세탁기도 코딩으로 움직인다. 여기서 코딩이란 컴퓨터 프로그램 언어의 명령문을 써서 문제를 해결해나가는 과정이라고 정의할 수 있다. 즉, 코딩은 컴퓨터에 대화를 시도하는 하나의 언어, 도구, 수단이라고 할 수 있다. 이러한 대화를 통해 궁극적으로는 컴퓨터나 기계에 명령을 내릴 수 있다.

이와 같은 문제 해결 과정은 반드시 정보과학적 사고방식을 요구한다. 우리는 이러한 사고방식을 '프로그래밍 씽킹'이라고 명명하고자 한다. 단순히 컴퓨터를 켜서 자판에 명령어를 입력해야만 코딩이 되는 것이 아니라, 그 문제에 대해서 어떻게 접근할지와 그 문제의 해결에는 어떤 것이 필요하며 어떻게 해결할지에 대해서 생각하는 과정이 코딩에서는 더욱 중요하다. 이러한 사고방식으로 사유(思惟)하면 단순히 코딩만 할 수 있는 것이 아니라, 우리 주변의 문제를 좀 더 합리적이고 좋은 방향으로 해결할 수 있게 돕는다.

현재 전 세계적으로 코딩 교육에 대한 관심이 많다. 미국에서는 실리콘밸리를 중심으로 정부와 민간 기업이 합동하여 코딩 교육의 대중화 바람을 일으키고 있다. 미국의 비영리법인 〈코드닷오알지〉(Code.org)는 '하루 코딩 한 시간'이라는 내용의 모토를 전파하고 있다. IT 강국인 인도와 일본도 각각 2010년, 2012년부터 코딩 교육을 필수 과목으로 지정하여 학생들에게 프로그래밍을 교육하고 있다. 우리나라는 2018년부터 '정보' 과목을 중학교 필수 과목으로 지정해 학생들에게 교육하고 있다.

[그림 1-2] 코드닷오알지 사이트 갈무리

코딩에 대한 세계적 관심이 증가하고 대한민국에 코딩 교육 광풍이 일어나면서 이와 관련된 사교육 시장도 형성되고 있다. 심지어 유치원에서도 코딩 교육이 이루어지고 있다. 코딩 교육이 이렇게 관심을 받게 된 이유는 산업 전반에 걸쳐 급격한 디지털화가 이루어지면서 코딩 역량을 가진 인력이 우대받고 있기 때문이다. 그렇다고 해서 모든 이가 프로그래머가 될 필요는 없다.

예를 들어 한국에서는 수영이 필수 과목이 아니지만, 일본을 비롯한 선진국에서는 수영이 생존을 위한 필수 과목으로 지정되어 있다. 수영을 필수 과목으로 지정한 이유는 모든 학생을 수영 선수로 만들기 위해서가 아니라, 위급한 순간에 스스로 생존할 수 있는 힘을 길러 주기 위함이다. 또한, 수영 수업으로 몸의 유연성을 기르고 학습을 위한 체력을 키울 수 있는 등 보조적인 효과도 볼 수 있다. 그래서 생존 수업에서는 자유형, 접영, 배영과 같은 수영 영법 위주가 아니라 위기 대처 능력과 체력증진 위주로 수업을 진행한다. 이를 통해 위기 상황에서 자연스럽게 살아남는 방법을 터득할 수 있게 된다.

코딩도 수영과 마찬가지이다. 우리가 코딩을 배워야 이유는 프로그래머가 되기 위해서가 아니라, 컴퓨터를 이해하는 능력을 얻기 위해서이다. 미래에는 코딩 역시 생존만큼이나 중요해질 것이다. 모든 것이 디지털화가 된 이후에는 컴퓨터와 대화하고 정보과학적 사고방식으로 사고하는 능력을 갖추지 못한 사람은 도태될 수밖에 없다. 지금도 산업 전반에 걸쳐 IT와 결합되어 컴퓨터와 연관되지 않은 업무가 거의 없다시피한 상황이다. 그러므로 미래에는 코딩 능력이 더욱 필요하고 이를 갖춘 근로자가 더 우대받을 것으로 예상한다.

여기서 더 나아가 사회문제까지 코딩으로 해결하려는 노력이 여기저기서 이루어지고 있다. 2020년에 발생한 코로나19로 마스크의 공급이 부족해지자, 젊은 청년들이 마스크 재고 현황을 실시간으로 안내해주는 마스크 맵을 개발하여 전 국민에게 무상으로 제공하였다. 이와 같은 창의적인 결과물들은 컴퓨터와 대화할 수 있는 능력을 통해 완성된 것이다. 코딩은 상상만 하던 일들을 현실에서 이루어낼 수 있는 힘이 있으며, 이는 컴퓨터가 생각하는 원리를 터득함으로써 습득할 수 있다. 이 책에서 소개하는 '프로그래밍 씽킹'이 독자들의 업무, 연구, 공부에 도움을 줄뿐만 아니라, 상상을 현실로 만들어 줄 무기가 될 것이라 확신한다.

코딩은 비전공자, 특히 문과생이 배워야 한다. 문과생은 기술 자체 보다는 기술을 어떻게 사용할 수 있을지 더 고민하는 경향이 있다. 반면에 프로그래밍 전공자는 프로그램 기술에만 집중하는 경향이 있다. 프로그램 자체가 어떻게 쓰였는지 알아내기보다는 자신이 만들어 낸 프로그램이 제대로 동작하는지, 기존 프로그램보다 얼마나 더 빨라졌는지 등에 집중한다.

21세기 산업을 이끄는 것은 소프트웨어이다. 다시 말해 인공지능, 사물인터넷, 클라우드 등이 산업의 핵심이 되고 있다. 현대 사회에 편입하여 산업 현장에서 업무를 담당하기 위해서는 프로그래밍을 전공하지 않더라도 이러한 것들이 동작하는 원리를 배워야 한다. 코딩을 배우면 세상이 돌아가는 방식을 알게 되고, 업무를 더 효율적으로 처리하는 데 도움이 된다. 더 나아가 프로그래밍 씽킹을 익히면 일상생활에서 문제를 더 빠르게 발견하게 되고 이를 해결하는 능력을 기를 수 있다. 컴퓨터는 컴퓨터 자체를 위해 존재하는 것이 아니라 우리의 생활을 편리하게 하고 우리 주변의 현실 문제를 해결하기 위해 존재하는 것이기 때문이다.

코딩은 더 이상 개발자들만의 것이 아니다. 코딩은 데이터 분석, 의학, 마케팅 등 다양한 분야에서 널리 사용되고 있다. 자신이 어떤 분야에 속해 있든 간에 코딩 기술이 있다면 이를 업무에 활용함으로써 자신의 경쟁력을 높일 수 있다. 만약 마케터가 코딩으로 자신에게 꼭 맞는 프로그램을 만든다면, 매체에서 집행된 광고 결과를 일일이 수작업으로 취합할 필요도 없이 클릭 한 번에 자동으로 데이터를 취합해서 결과까지 원하는 형태로 출력할 수 있다. 그리 복잡하지 않은 코딩만으로도 회사에서 자신의 가치를 인정받을 수 있게 되는 것이다.

그러나 비전공자들은 코딩을 배우기 어렵다고 느낀다. 문과 계열 전공자라면 코딩이 자신과 상관 없는 분야라고 생각해서 더더욱 그렇게 느낄 수 있다. 이는 뇌 기능과 관련이 있다. 뇌 기능은 다음과 같이 좌뇌와 우뇌로 구분된다. 좌뇌는 주로 분석적, 논리적, 수학적인 능력을 담당하고, 우뇌는 주로 감성, 창의력, 상상력 등을 담당한다.

문과생은 주로 좌뇌보다는 우뇌를 사용하는 활동을 하므로 코딩에 어려움을 느낄 수 있다. 이는 생각하는 방식이 달라서이다. 그러나 비전공자들도 훈련을 통해 좌뇌가 관장하는 분석적이고 논리적이며 수학적인 기능을 강화할 수 있다. 이 책에서 알려주는 컴퓨터적인 사고방식인 프로그래밍 씽킹을 따라 하다 보면 자연스럽게 좌뇌가 발달하는 것을 느낄 것이다.

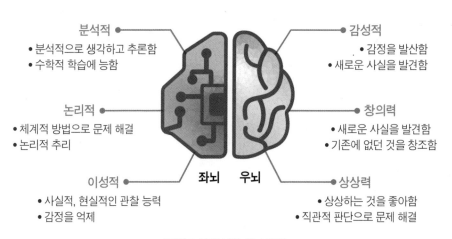

[그림 1-3] 좌뇌와 우뇌 특징

비전공자, 특히 문과생이 프로그램 씽킹을 익히면 다음과 같은 장점이 있다. 첫 번째로, 프로그래밍 씽킹은 현실적인 문제를 발견하는 힘을 길러 준다. 우리 주변에서는 종종 크고 작은 문제가 발생한다. 왜 쇼핑센터의 엘리베이터는 항상 내가 있는 층까지 오는 데 시간이 오래 걸릴까? 왜 수강 신청할 때 내가 원하는 과목을 선정하기 어려울까? 왜 내가 갖고 싶은 커피숍 사은품은 구하기 어려울까? 등 우리는 여러 가지 문제에 대해 궁금해하거나 불편함을 느낀다. 하지만 이러한 문제들이 나의 노력으로 쉽게 해결될 수 있으리라 생각하지는 않는다. 특히 문과생은 문제가 발생하게 된 원인보다는 그 현상 자체에 집중하는 경향이 있다. 프로그래밍 씽킹을 하게 되면 체계적으로 문제의 핵심을 찾아가는 방법을 알게 된다. 세상에 존재하는 많은 문제는 발생한 원인만 발견해도 해결할 수 있는 경우가 많다.

[그림 1-4] 엘리베이터

두 번째로, 프로그래밍 씽킹은 논리적인 사고방식과 문제 해결력을 길러 준다. 프로그래밍 씽킹의 궁극적인 목적은 코딩하는 것이 아니라 문제를 해결하는 힘을 길러 주는 것이라고 앞서 소개했다. 문제를 발견하고 그 원인을 찾았다면 이를 해결하기 위한 가장 논리적이고 효율적인 방법을 찾아야 한다. 예를 들어 쇼핑몰에 엘리베이터 4대가 있는데 어느 엘리베이터에 서야 제일 먼저 탈 수 있을지 고민하고 있다고 해보자. 제일 먼저 문제의 원인을 찾아야 한다.

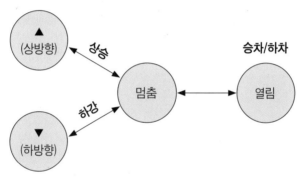

[그림 1-5] 기본 알고리즘

엘리베이터는 정해진 로직(알고리즘)에 따라 운행되므로 이를 파악하면 어떤 엘리베이터가 제일 먼저 도착할지 알 수 있다. 일반적으로 다수의 엘리베이터를 운영하는 큰 건물에서는 각 엘리베이터가 개별적으로 동작하는 것이 아니라 다른 엘리베이터와 같이 효율적으로 운행되도록 설계되어 있다. 누군가 엘리베이터를 타기 위해 기다리면서 모든 버튼을 눌렀다고 해서 여러 대가 모두 동시에 움직이는 것은 비효율적이기 때문이다. 그리고 많은 사람이 찾는 쇼핑몰의 경우 모든 층의 엘리베이터 버튼이 눌려 있을 가능성이 크다. 즉, 모든 엘리베이터가 내려갈 때는 지하 가장 아래층까지 내려가고 올라갈 때는 꼭대기 층까지 올라갈 것이다. 이러한 상황에서는 개별 엘리베이터가 어디에 멈춰 있고 어느 쪽으로 움직이는지 살펴보면 어떤 엘리베이터가 가장 먼저 도착할지 예상할 수 있다. 이를 예상하기 위해서는 논리적인 사고가 꼭 필요하다. 프로그래밍 씽킹의 핵심은 잘게 쪼개서 문제를 해결한다는 점이다. 이러한 과정을 통해 논리적인 사고와 해결 능력을 배울 수 있다.

세 번째로, 프로그래밍 씽킹은 현실적인 상상력과 창의력을 길러 준다. 코딩은 예술 행위와 비슷한 면이 많다. 창작이나 그림처럼 무에서 유를 만들어내는 과정을 거쳐야 한다. 어떤 문제를 해결하려면 해답을 발견하기 위해 끊임없이 생각하고 상상해야 한다. 프로그래밍 씽킹이 멋진 이유는 그러한 상상을 현실로 만들어 준다는 점이다. 무언가를 만들고 싶다면 그 해결책을 반드시 찾아줄 것이다.

쵀장암을 조기에 발견할 수는 없을까?

이러한 이유로 프로그래밍 경력이 많고 뛰어난 실력을 갖춘 개발자보다 오히려 상상력이 뛰어난 어린 학생들이 세상을 놀라게 하는 경우가 있다. 2011년, 미국에 사는 15세 소년 잭 안드라카는 쵀장암 진단에 필요한 단백질을 검출하는 종이 센서를 개발했다. 이 센서는 기존 검사 비용의 2만 6천 분의 1에 불과했고, 기존 진단 장비보다 정확도가 2배 이상 높았다. 소년은 가족처럼 지내던 동네 아저씨의 죽음을 경험하면서 쵀장암 문제에 대한 질문을 던졌고, 결국 그 해결 방안을 찾아냈다.

[그림 1-6] TED 강연 갈무리 - 췌장암 진단 센서를 개발한 잭 안드라카

지금까지 비전공자가 프로그래밍 씽킹을 해야 하는 이유를 소개했다. 이 책을 통해서 여러분은 지금까지 경험했던 여러 가지 현상에 대해 생각을 확장하고 세분화하여 쪼개는 연습을 하게 될 것이다. 변화하는 자신의 모습을 실제로 경험해보기를 바란다.

1.3 코드 한 줄보다 '프로그래밍 씽킹'

비전공자뿐 아니라 전공자들 역시 프로그래밍 씽킹을 반드시 배워야 한다. 개발자는 코딩을 자주 한다. 그런데 코딩은 꼭 코드로만 가능한 걸까? 더 좋은 코드는 어떻게 만들어질까? 개발자는 코딩 툴을 열어서 코드를 짜야만 프로그래밍을 할 수 있는 걸까? 프로그래밍 씽킹을 하면, 짧은 시간에 다른 개발자들이 하루 종일 코딩하는 것보다 더 많은 코드를 짜고 더욱 좋은 결과물로 만들 수 있다.

[그림 1-7] 프로그래밍 코드 예시

　좋은 코드는 그냥 만들어지지 않는다. 내가 만들고자 하는 프로그램은 무엇인지, 무엇을 해결하기 위해 프로그램을 만드는 것인지, 누가 사용하는지, 향후 어떻게 개선해나갈 것인지 등에 대한 고민을 많이 해야 한다. 이러한 고민을 습관처럼 해야 하는데, 여기에는 훈련이 필요하다.

　개발자들은 시간이 부족하다며, 생각하기에 앞서 코드를 한 줄 더 작성하려고 한다. 그러나 당장 눈에 보이는 기능 하나를 개발하는 것보다는 전체적인 제품 관점에서 고민하고 코드를 작성해야 한다. 생각을 많이 하고 작성된 코드는 최종적으로 완성도가 더 높으며, 코딩도 더욱 빠르게 할 수 있다. 내가 짠 코드가 제품 전체에서 어느 기능을 담당하는지, 실제 작동을 하면서 문제가 발생하지 않는지, 다른 코드와 충돌은 없는지, 지금 생각하지 못한 예외상황은 없는지를 생각해야 한다.

　무작정 코드부터 짜는 것보다는 어떤 코드를 짜고 싶은지 한글로 먼저 작성해볼 것을 추천한다. 처음에도 밝혔듯이 이 책의 목적은 코딩 자체가 아니라 코딩을 하기 전에 생각하는 방법을 알려주는 것이다. 더 나아가 주어진 프로그램(코딩) 과제를 보자마자 프로그램 내부적으로 어떠한 프로세스 단계를 거쳐야 하고, 어떠한 예외사항이 있으며, 어떠한 점을 고려해야 하는지 즉각적으로 생각할 수 있는 개발자의 사고체계와 개발자의 언어를 배우게 하는 것이 목적이다. 필요한 코딩 문법은 그다음 단계에서 배우면 된다.

프로그래머로서 필요한 사고 훈련을 하지 않고 프로그래밍 언어부터 공부한다면 아무리 많은 코딩 문법과 기술을 익힌다고 해도 절대로 좋은 프로그램을 짤 수 없다. 이 책은 여러분이 개발자의 사고를 간접 경험하도록 돕고, 개발자의 사고를 습득할 수 있는 법을 알려줄 것이다.

디자이너가 새로운 것을 창조하는 데 최적화된 프로세스를 가지고 있다면, 개발자는 주어진 일을 완성하고 오류를 최소화하며 눈에 보이지 않는 많은 부분을 완성하는 데 최적화되어 있는 사람이다. 여러분이 개발자와 같이 사고할 수 있는 것만으로도 기존과는 다른 방식으로 생각할 수 있게 되고 기존에는 생각하지 못했던 많은 세세한 부분을 발견할 수 있는 능력을 갖추게 될 것이다.

그래서 우리는 이렇게 주장한다.

"코드 한 줄보다 프로그래밍 씽킹을 먼저 하라."

개발자에 대한 오해

IT 분야에서 일하면서 흔히 듣는 개발자에 대한 오해가 있다. 이 가운데 몇 가지를 소개하고자 한다.

첫 번째로, '개발자는 혼자 일하고 협업하지 않는다'라는 것이다. 하지만 이건 엄청난 오해이다. 개발자는 기획자로부터 전체 서비스에 대한 설명을 듣고, 자신에게 할당된 프로그램에 대한 프로세스적인 이해를 위해 기획자 혹은 고객과 수많은 회의를 진행한다. 이를 통해 전체 프로세스를 이해하게 되고, 동료들과 소통한다. 또한, 개발자는 사용자에게 프로그램을 시각적으로 제공하기 위해 디자이너와 협업한다. 눈에 보이는 디자인 영역과 눈에 보이지 않는 프로그램 영역까지 개발하기 위해서 디자이너와 수많은 소통을 하게 된다. 마지막으로 개발자는 동료 프로그래머와 코드를 통해 협업한다. 서비스가 커질수록 한 명의 프로그래머가 모든 프로그램을 구현하지 않고, 여러 명의 프로그래머가 같이 하나의 서비스를 구현해나간다.

[그림 1-8] 협업을 위한 커뮤니케이션

그래서 각 프로그래머의 역할이 명확해야 하고, 전체 서비스 측면에서 프로그래머 간에 협업이 필요하다. 좋은 개발자는 사람의 언어와 컴퓨터의 언어로 동료와 고객과 소통하는 소통 전문가이다.

두 번째로, '개발자는 천재이거나 암기를 잘한다'라는 오해이다. 미디어 속에서 비치는 개발자는 컴퓨터 화면 앞에서 쉴새 없이 키보드를 두드리면서 문제를 해결한다. 사람들은 이 장면을 보면서 개발자는 똑똑해서 모든 코드를 외운다고 생각한다. 하지만 실제 개발자들은 코드를 개발하는 시간보다는 알고리즘을 고민하거나 다른 사람이 만든 코드를 보는 데 더 많은 시간을 할애한다. 즉 모든 코드를 직접 외워서 사용하는 것이 아니라 과정을 정의한 다음 검색 등을 통해 자신이 생각한 코드와 비슷한 코드를 찾아서 조금씩 수정하는 과정을 거친다. 개발자라고 해서 꼭 엄청나게 뛰어날 필요는 없다. 오히려 개발자에게 요구되는 자질은 집중을 잘하고 규칙적이고 포기하지 않는 의지이다.

인공지능, IoT, 로봇 공학?

인공지능(Artificial Intelligence)은 인간이 가진 사고, 학습 등의 지적능력을 컴퓨터를 통해서 구현하는 기술을 의미한다. 그렇다면 머신러닝, 딥러닝은 무엇일까? 머신러닝(Machine Learning)은 인공지능의 하위 분야로 데이터를 통해 컴퓨터가 학습할 수 있도록 하는 기술을 뜻한다. 머신러닝은 컴퓨터가 스스로 데이터를 학습하면서 데이터 속에 숨겨진 패턴을 찾고, 이를 기반으로 예측하는 데 활용한다. 딥러닝(Deep Learning)은 머신러닝 기법의 하나이다. 머신러닝은 다양한 알고리즘이 있는데 이중 인공 신경망이라는 모형을 활용한 기술을 뜻한다. 인공지능, 머신러닝, 딥러닝의 관계는 아래 이미지와 같다.

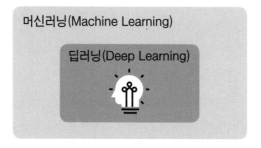

[그림 1-9] 인공지능, 머신러닝, 딥러닝 관계

사물인터넷(Internet of Things, IoT)은 각종 사물에 센서와 통신 기능을 내장하여 인터넷에 연결하는 기술을 뜻한다. 인터넷으로 연결된 사물들이 서로 데이터를 주고받아 스스로 분석하고 학습한 정보를 사용자에게 제공하거나 사용자가 이를 원격 조정할 수 있는 인공지능 기술이다. 최근에는 냉장고, TV, 에어컨 등 가전제품에 사물인터넷 기술이 활용되고 있다.

로봇 공학(Robotics, 로봇학)은 로봇에 관한 과학이자, 기술학이다. 로봇 공학은 전자공학, 역학, 소프트웨어 기계공학 등 관련 학문을 모두 융합한다. 로봇의 종류에는 여러 가지가 있는데 의료 로봇이나 생활 로봇, 탐험 로봇, 구조 로봇 등이다. 이런 로봇들이 인공지능과 결합하면서 그 기술이 더욱 발전하고 있다.

암호화폐란?

암호화폐(Cryptocurrency)는 암호화(crypto) 방식을 활용한다는 의미에서의 '암호'와 통화(currency)의 '화폐'를 합친 합성어이다. 이미, 미국 정부에서는 암호화폐를 암호화 디자인된, 디지털 자산(digital asset)으로 규정하고 있다.

[그림 1-10] 비트코인(암호화폐)

암호화폐는 2008년도에 탄생하였으며 기존 금융 시스템의 틀을 깨는 방식으로 가치를 저장하면서 주목받기 시작했다. 기존 금융 시스템은 은행과 같은 기간이 모든 금융정보를 독점 관리한다. 하지만 암호화폐는 블록체인 시스템, 즉 데이터를 분산 처리 하는 분산 원장(Distributed Ledger) 기술을 통해 모든 사용자가 접근할 수 있고 거래명세를 보유한다. 중앙에서 화폐에 대한 모든 권리를 제어하고, 신용이 있는 특정한 사람만 접근 가능한 기존 금융 시스템과는 다르게 자유롭다고 할 수 있다.

사용자가 원하면 채굴(mining)을 통해 발행이 가능한 암호화폐는 종류별로 쓰임새가 다르고 가치 증명 방식, 채굴 방법, 거래 목적도 다르다. 현재 2020년도 6월 기준으로 약 5,500개의 암호화폐가 존재한다. 특정 암호화폐를 지칭할 때는 코인이나 토큰이라는 용어가 사용되고 있다. 사람들의 주목을 가장 많이 받는 암호화폐는 비트코인, 이더리움, 리플 등이 있다. 이 가운데 비트코인(Bitcoin)은 처음으로 구현된 암호화폐로 시가총액이 가장 높으며 거래량도 다른 코인들에 비해 월등히 높은 편이다. 하지만 암호화폐는 가격 변동성이 커서 손해를 본 사례가 많이 존재하여 사회적으로 쟁점이 되었다.

4차 산업혁명으로 암호화폐 기술은 세계 여러 국가와 거래를 하는 데 있어 편리한 화폐로 자리 잡고 있으며, 미래에는 그 활용도가 더욱 커지리라 전망된다. 현재 사람들이 현금을 거의 사용하지 않고 신용카드나 스마트폰으로 결제를 대체하는 것처럼, 암호화폐도 잠재적으로 법정화폐를 대체할 수 있는 미래가치를 가지고 있다. 암호화폐의 기능은 계속 발전하고 있으며, 실생활에 상용화되도록 노력 중이다.

프로그래밍 씽킹

2장

프로그래밍
씽킹이란

프로그래밍 씽킹이란

2.1 디자인 씽킹과 프로그래밍 씽킹

2000년대 디자인적 사고를 기반한 '디자인 씽킹(Design Thinking)'이 트렌드가 되었다. 이번 장에서는 디자인 씽킹과 비교해서 프로그래밍 씽킹을 설명하고, 더 나아가 디자인 씽킹을 넘어 프로그래밍 씽킹을 해야 하는 이유에 대해 말하고자 한다.

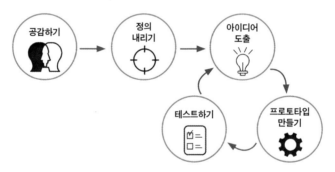

[그림 2-1] 디자인 씽킹 프로세스

디자인 씽킹은 디자이너가 디자인적인 사고를 통해 문제를 풀던 사고 방식을 의미한다. 디자이너는 문제를 창의적이고 혁신적인 방식으로 해결해 나간다. 이러한 디자이너의 감수성과 사고방식이 적용되는 것이 디자인적 사고, 즉 디자인 씽킹이다. 디자인 씽킹은 인간 중심 디자인 (human-centered design) 방법론으로써, 인간에 대해 공감을 하고 이성보다 감성을 기반으로 하여 창의적으로 문제를 해결하는 방식이라 할 수 있다. 디자인 씽킹의 권위자 로저 마틴(Roger Martin)은 디자이너들의 문제 해결방식에 대해 '사고의 논리적 비약'이라고 말했다. 사고의 논리적 비약은 기존에 생각해내지 못한 창조적인 해결책을 내놓는 것이다. 즉 디자인 씽킹은 창조적인 방식이다.

다만, 로저 마틴은 이러한 방식이 좋지 못한 결과를 초래할 수도 있다고 경고했다. 사고의 논리적 비약은 현재 기술로 뒷받침할 수 없는 해결책을 제시할 때가 있기 때문이다. 예를 들어, 디자인 씽킹을 통해 더 빠른 엘리베이터를 만들기 위해 무중력 환경에서 동작하는 엘리베이터를 구상했다고 하자. 이 경우 현대 기술로는 아이디어를 현실로 구현하기 어려워 실패할 가능성이 크다. 이러한 이유로 인해 디자인 씽킹을 소개한 IDEO CEO 팀 브라운(Tim Brown)은 실패하지 않기 위해서는 지속적으로 프로토타입을 만들고 테스트하고, 실패하면 개선하는 일을 반복하라고 조언한다.

반면, 프로그래밍 씽킹은 개발자가 무언가를 개발하며 문제를 풀던 사고방식을 의미한다. 개발자는 논리적인 사고방식을 통해 문제를 발전적으로 해결해나간다. 이것이 바로 프로그래밍적 사고, 프로그래밍 씽킹이다. 프로그래밍 씽킹은 컴퓨터 중심 디자인(computer-centered design) 방법론이라 할 수 있다. 모든 문제를 감성보다 이성에 기반한 논리적인 방법으로 문제를 해결하는 방식이라 할 수 있다. 비유하자면, 프로그래밍 씽킹은 정답을 향해 계단을 오르듯 한 계단, 한 계단 발전해 나가는 방식이다.

이 방식은 방어적이지만 오류를 최소화하고 눈에 보이지 않는 많은 부분을 완성하는 데 최적화되어 있다. 프로그래밍 씽킹을 통해 나온 결과물을 해석하는 데는 상상력이 필요 없으며, 절차대로만 진행하면 문제가 해결된다. 주관적인 판단을 하지 않고, 가능한 모든 경우의 수를 찾아낸 후 각각의 답을 도출하는 과정을 하나하나 찾아 나간다. 이러한 방식은 학습 초기에는 시간이 오래 걸리는 것처럼 보일 수 있으나, 과정이 점차 빨라지면서 나중에는 가장 빠르게 문제를 해결하는 최적의 답을 찾을 수 있다.

사실, 디자인 씽킹과 프로그래밍 씽킹은 비슷한 점이 많으며, 궁극적으로는 창의적 사고와 분석적 사고가 상호작용하면서 균형을 이루는 것을 추구한다. 프로그래밍 씽킹 역시 두 가지 사고방식의 융합을 추구한다. 다른 점이 있다면 프로그래밍 씽킹은 논리적 사고를 바탕으로 창의적 사고를 확장하고 발전시킨다는 점이다.

초연결 시대인 지금 우리가 필요한 모든 정보는 인터넷에 있다. 우리가 해야 할 것은 정보를 최대한 많이 수집하고, 그 정보를 조합하여 가능한 모든 해결 방안을 찾아내며, 문제 해결을 위해 사고를 지속해서 확장하고 세분하며 발전시켜 나가는 것이다. 이런 과정을 거치면 누구나 이해할 수 있고, 가능한 모든 예외사항을 고려한 최적의 답을 도출할 수 있다. 그러므로 지금은 디자인 씽킹을 넘어 프로그래밍 씽킹이 필요한 시대이다.

프로그래밍 씽킹은 컴퓨팅(알고리즘) 사고와 어떻게 다른가?

컴퓨팅 사고(Computational Thinking)는 컴퓨터가 효과적으로 수행할수 있도록 문제를 정의하고 그에 대한 답을 기술하는 일련의 사고체계를 일컫는다. 얼핏 보면 컴퓨팅 사고와 프로그래밍 씽킹은 차이가 없어 보인다. 그러나 컴퓨팅 사고는 문제에 대한 해답을 찾는 사고라면, 프로그래밍 씽킹은 문제를 관찰하고 명확히 인지하는 사고를 키운다는 차이를 갖는다.

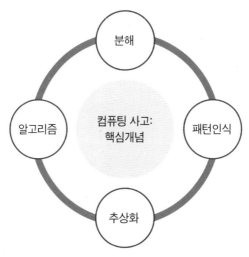

[그림 2-2] 컴퓨팅 사고 프로세스

컴퓨팅 사고의 프로세스는 문제분해(Decomposition), 패턴인식(Pattern Recognition), 추상화(Abstraction), 알고리즘(Algorithm) 단계를 거쳐 문제를 더욱 쉽게 해결하는 데 활용된다. 반면, 프로그래밍 씽킹의 프로세스는 관찰 단계 – 탐험 단계 – 확장 단계 – 세분화 단계 – 발전 단계의 5단계로 구분했지만 넓은 의미에서는 모두 관찰에 속한다.

1단계	👁	관찰 단계
2단계	▦	탐험 단계
3단계	◎	확장 단계
4단계	⦗	세분화 단계
5단계	↗	발전 단계

[표 2-1] 프로그래밍 씽킹의 프로세스 5단계

프로그래밍 씽킹은 눈에 보이는 단면뿐만 아니라 눈에 보이지 않는 그 이면에 숨어 있는 다양한 요소(사람과 사람, 사람과 사물, 사물과 사물) 간의 관계를 체계적으로 관찰하고 분석하여 그 대상을 명확히 인지하는 사고를 키우는 것이다.

컴퓨팅 사고가 '정답'에 초점을 맞추고 있다면, 프로그래밍 씽킹은 '정답을 찾아 나가는 과정'에 초점을 맞추고 있다. 수학 문제처럼 정답이 존재하는 경우도 있지만, 일상 속의 다양한 문제는 정답이 정해져 있지 않은 경우가 더 많다. 혹은 세상에 없던 제품을 만들어야 할 때에도 '정답'은 존재하지 않는다.

여기서 '정답'은 제품 자체에 있는 것이 아니라 제품을 사용하는 사람마다 각기 다른 형태로 존재한다. 그래서 단편화된 일부만을 인식해서는 안 되고, 다각도로 관찰하고 사고를 키워나가는 방법을 알아야 한다. 더 나아가 사람과 사람 간의 상호작용, 사람과 사물 간의 상호작용, 사물과 사물 간의 상호작용에 대해서도 이해하는 노력이 필요하다. 즉, 프로그래밍 씽킹은 '정답 + 새로운 정답'을 찾아내는 사고방식이다. 프로그래밍 씽킹을 통해 정답에 가장 근접한 정답을 찾는 예도 있고, 기존에 없던 새로운 정답을 찾아야 할 때도 있다.

2.2 한국식 코딩 교육은 절대 배우지 마라

2020년 한국에는 코딩 교육 광풍이 불고 있다. 지난 2014년 대한민국 정부는 초·중·고 교육과정에 SW 교육의 신설을 포함한 'SW 교육 활성화 방안'을 발표했다. 이에 따라, 2018년부터 중학생을 시작으로 코딩 과목이 정규 교육 과정(연간 34시간)으로 편성됐다. 중학교는 의무과목이고 고등학교는 선택과목이다. 2019년부터는 초등 5·6학년(연간 17시간)도 코딩 교육이 의무화되었다. 2021년에는 AI 과목이 고등학교 수업에 신설된다. 정부는 코딩 교육을 통해 4차 산업혁명 시대를 대비하고, 소프트웨어를 국가 중심 사업으로 육성하고자 했다. 이 같은 정책 결정에는 영국·미국·일본 등의 선진국이 어릴 때부터 SW 교육을 실시하고 있다는 점도 영향을 미쳤을 것이다.

공교육 시장에서 코딩 교육이 의무화되면서, 이와 관련한 사교육 시장도 빠르게 성장하고 있다. 대치동을 포함한 학원 밀집 지역에는 이미 많은 코딩학원이 개원하고 있다. 개중에는 코딩만 잘해도 대학에 입학할 수 있다고 학부모를 현혹하는 학원도 있다. 뿐만 아니라, 유치원과 어린이집에서도 코딩 교육을 방과후 프로그램으로 진행하고 있다. 최근에 일부 학부모는 코딩 경진대회 입상자를 섭외해 고액 코딩 과외를 시키고 있다.

이처럼 대한민국에 코딩 열풍이 부는 이유는 신문, 방송, 인터넷에서 '4차 산업혁명 시대가 오고 있다'라는 메시지를 쏟아내고 있기 때문이다. 미디어에서는 4차 산업혁명 시대가 도래하면 기존의 일자리 가운데 많은 것들이 사라지고, 소프트웨어 분야 일자리만 남을 것이라고 경고하고 있다. 하지만 일각에서는 지나친 코딩 교육 열기로 인한 부작용을 우려하고 있다.

일선 교육계에서는 공교육 과정에 대한 준비가 부족한 상황에서 수업이 진행되면서 학생과 교사 모두 불만을 토로하고 있다. 필수 수업이 된 중학교는 전담 교사가 코딩을 교육하고 있지만, 초등학교에서는 담임 교사가 교육을 맡고 있다. 그러나 아직 초등학교 교사의 SW 교육 이수 비율은 낮은 편이다. 교사들도 정부의 새로운 교육과정 실행으로 인해 더 많은 업무가 가중되어 어려움을 겪고 있다.

코딩 교육을 받지 못한 대부분 학부모도 고민이 많다. 미디어를 통해 코딩 교육의 중요성은 인지하고 있으나, 코딩에 대해 잘 모르기 때문에 아이들에게 도움을 줄 수 없다. 이런 상황에서 아이들에게 코딩을 가르치기 위해서는 어쩔 수 없이 사교육을 시킬 수밖에 없는 것이 현실이다. 선행학습이 당연시되는 현재 교육계 상황에서는 당장 내 아이가 코딩을 배우지 않으면 뒤처질 것 같은 기분이 들 수밖에 없다. 학생들은 사교육 학원을 통해 프로그래밍 문법과 알고리즘을 배우기 시작한다. 처음에는 쉽고 재미있을 수 있으나 점점 진도가 나가면서 고급 문법 부분부터 막히기 시작한다. 지켜보는 학부모는 이런 상황을 안타까워한다.

그렇다면 학생들은 코딩 교육에 대해서 어떻게 생각할까? SBS 뉴스의 유튜브 채널인 스브스뉴스에서는 2019년 1월 31일, 학교에서 코딩 교육을 받는 중학생과 깊이 있는 인터뷰를 진행하였는데, 그들의 대답을 통해 한국식 코딩 교육을 엿볼 수 있다.

[그림 2-3] 스브스뉴스 갈무리

학교에서 진행되는 코딩 교육은 이론 수업과 실습 수업으로 나누어 진행된다. 이론 수업에서는 컴퓨터, 인터넷의 역사, 정보윤리, 컴퓨터의 상세한 부분들에 관해 배운다. 실습 수업은 교과서에서 제시된 코딩 문제를 보고 교사와 학생들이 같이 풀어가는 방식으로 진행된다. 이때 활용하는 프로그램이 '엔트리'이다. 엔트리는 블록 형태로 여러 가지 명령들을 조합해서 프로그래밍을 간접 체험할 수 있는 프로그램이다. 예를 들어 미로에 있는 고양이가 생쥐를 찾아갈 수 있도록 명령을 조합해서 입력한다. 앞으로 2칸 이동 후 오른쪽으로 돌고 다시 3칸 이동하게 하는 식으로 명령을 쌓는 방식이다.

인터뷰에서는 중학생 3명이 나오는데, 학생A는 엔트리의 문제가 쉽다고 답하였으나, 학생B는 수업을 따라가기 어렵다고 토로했다. 우뇌가 발달한 학생들에게는 엔트리 문제가 너무 쉽게 느껴지지만, 우뇌보다는 좌뇌에 발달한 학생들에게는 엔트리 문제가 너무 어렵게 느껴지는 것이다. 한국식 수업은 양쪽 모두에게 좋지 않은 영향을 미친다. 엔트리는 기능이 매우 부족한 코딩 프로그램이다. 블록에서 제공하는 기능과 범위만으로 문제를 해결해야 한다. 이 같은 방식은 사고의 범위를 한정시킨다. 또한, 따라가기식 수업은 생각할 기회를 빼앗고 컴퓨터 동작 원리를 이해하는 데 방해가 된다.

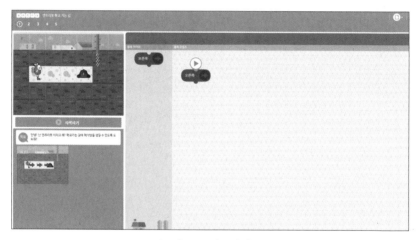

[그림 2-4] 엔트리 화면

나이가 어린 학생들에게는 기능이 정해진 블록을 줄 것이 아니라 백지를 제공해야 한다. 기능이나 한계를 정하지 않고 최대한 다양한 해결 방안을 찾도록 해야 한다. 상상력이 뛰어난 아이들은 어른들이 생각하지 못하는 방법을 찾아낸다. 이를 위해서는 SW 수업에 엔트리와 같은 블록형 코딩보다는 오히려 우리 주변의 문제를 발견하고 이를 해결할 방법을 찾아 나가는 과정을 작성해 보는 학습이 더 필요하다고 생각한다. 이를 구현하는 과정은 주변의 어른이나 교사의 도움을 받으면 된다.

코딩 교육은 디지털 세상을 보는 관점은 물론 논리력 향상, 동료와 협업하는 방법까지 배울 수 있다. 프로그래밍을 배우는 것은 단순히 코드를 작성하는 법을 익히는 것이 아니다. 디지털 기술이 사회에 미치는 영향을 이해하고, 문제 해결을 위한 사고방식을 배우는 것이다. 이를 위해서는 우선 '코드부터 쓰는 코딩'에서 벗어나야 한다. 컴퓨터와 대화하기 위한 언어인 코딩이 스펙 쌓기나 입시를 위한 수단으로 전락하면 곤란하다. 코딩에 대한 인식 전환이 필요한 시점이다.

이 시대를 살아가는 아이들은 소프트웨어를 모르고 살아갈 수 없다. 이제 소프트웨어는 아이들의 미래를 결정할 중요 요소가 되었다. 이 소프트웨어는 반드시 코딩작업을 거쳐야 완성된다. 이미 많은 학생이 코딩의 재미와 자신의 경쟁력을 높이고자 코딩을 배우고 있다. 하지만 우리 아이들의 코딩 교육은 직업을 위한 기술 교육이 아니라 디지털 세계를 이해하고 문제 해결 능력을 높이는 데 집중해야 한다. 더 나아가 해결 방법을 공유하고 협업하고, 발표하는 과정에서 성취감을 느낄 수 있도록 지도해야 한다. 어린 나이일수록 코딩 한 줄 작성하는 것보다는 생각하는 힘, 다시 말해 '프로그래밍 씽킹'을 체계적으로 학습해야 한다.

아이를 위한 코딩 교육

코딩 문법을 배우는 순간 모든 상상력은 구현할 수 있는 코딩 능력 안에서만 이루어진다. 아이들에게 필요한 것은 무한한 호기심과 상상력을 기르는 교육이다. 어린 나이에 코딩 문법을 배우고, 주어진 코딩 문법의 범위 안에서 정답을 찾는 경험은 아이들의 상상력을 저하할 수 있다. 소프트웨어 기술은 아이들의 상상력을 키우기 위해 활용되어야 한다. 너무 이른 나이에 기술이나 문법을 익히느라 상상력이 가로막혀서는 안 된다.

즉, 어린아이에게 절대 코딩 문법을 가르쳐서는 안 된다. 지금 기술로는 불가능한 일도 미래에는 가능한 일이 될 수 있고, 아이의 풍부한 상상력을 통해 꿈을 키우고 불가능한 일이 가능해지도록 지원해야 한다. 아이에게 필요한 것은 기술에 구애받지 않는 상상력이다. 아이에게 필요한 것은 코딩 문법이 아니라 상상력을 더 깊고, 넓게 키워주기 위한 프로그래밍 씽킹 기반의 소프트웨어 교육이다. 그럼 아이들이 어떻게 프로그래밍 씽킹을 익힐 수 있을까?

첫 번째로, 문제 인식이 필요하다. 문제 인식이란 불편한 것을 당연한 것으로 여기지 않는 태도이다. 그렇다고 억지로 불편함을 아이에게 강요해서도 안 된다. 아이들에게 자꾸 "어떤 게 불편한 거 같아?"라고 질문하면, 자칫 불평 가득, 불만 가득한 아이로 자랄 수 있다. '불편'이라는 단어 대신에 "어떻게 하면 더 좋을 것 같아?"라고 물어봐야 한다.

아이에게 기술적 변화가 제품이나 서비스가 더 좋아지고, 더 편리해지고, 누군가에게 도움이 될 수 있다는 것을 인식시키도록 노력해야 한다.

나 자신의 불편함을 해결한다는 생각과 누군가에게 혹은 내가 속한 사회에 도움이 된다는 생각을 하는 것은 다르다. 부정의 단어를 많이 쓰면 아이를 부정적으로 키우게 되고, 긍정의 단어를 많이 쓰면 아이를 긍정적인 아이로 키울 수 있다. 또한, 아이가 사소한 것을 그냥 지나치지 않고, 면밀하게 관찰하는 습관을 기르게 해야 한다. 이를 위해서 아이에게 먼저 묻기보다는 부모가 먼저 이러한 습관을 지니고 있어야 한다.

아빠, 엄마는 이런 기능이 추가되면 사람들한테 정말 좋을 것 같아.

예를 들면 다음과 같다. 필자는 아이들과 여행 도중에 많이 걸어서 다리도 아파서 거리에 있는 벤치에 앉았다. 그런데 오전에 비가 와서 벤치가 젖어 있었다. 이때 필자는 이렇게 이야기 했다.

필자 : 벤치가 젖어 있네. 벤치 옆에 돌리는 손잡이가 있어서 손잡이를 돌리면 벤치 앉는 부분이 돌아가서 비에 젖지 않았던 부분이 위로 올라오면 좋을 것 같아. 그러면 비가 온 후에도 안 젖은 곳에 앉을 수 있잖아.

필자가 먼저 이런 아이디어를 말하고 나서, 아이에게 "또 어떤 방법이 있을까?" 물음을 던졌다. 필자가 아이에게 말한 아이디어는 이미 있는 제품이다. 필자는 이미 이 제품, 이 아이디어를 알고 있었기 때문에, 아이들의 상상력을 자극하기 위해 이미 누군가가 낸 아이디어를 활용한 것이다. 아이들에게 프로그래밍 씽킹을 알려줄 때 항상 누군가가 이미

낸 아이디어를 활용하라는 의미는 아니다. 하지만 이런 정보를 알고 있으면 아이에게 먼저 이야기를 꺼낼 수 있어 자연스럽게 아이들의 관심과 상상력을 자극 해 줄 수 있다. 그래서 필자는 항상 좋은 아이디어 상품들을 의도적으로 많이 찾아서 기록해놓는다.

[그림 2-5] 돌아가는 벤치

그리고 지속적인 대화를 통해 아이의 아이디어를 계속 발전시켜줘야 한다.

필자 : 벤치 옆에 작은 쓰레기통 하나 있으면 어떨까? 아이스크림을 벤치에서 먹고 나서 화장지를 닦고 바로 버릴 수 있는 작은 쓰레기통 말이야.

아이 : 아빠! 난 아이스크림 먹으면 안 흘리고 손에도 안 묻어서 화장지로 닦을 필요 없어. 그래서 난 쓰레기통은 필요 없는데. 괜히 쓰레기통이 있으면, 담배나 지저분한 게 쌓여서 벤치에 앉기 싫어질 것 같아.

필자 : 그래, 그 생각도 맞는 것 같아. 아빠는 그 생각은 못 했는데, 벤치 옆에 쓰레기통이 있어서 거기에 지저분한 거, 냄새나는 거 있으면 아빠도 앉기 싫어 질 것 같아. 그럼 지저분하지도 않고, 쓰레기를 버릴 수 있게 하려면 무슨 방법이 있을까?

아이 : 아빠, 쓰레기통 말고 벤치 옆에 물이 나오는 수도꼭지가 있으면 어때? 그럼 손을 씻으면 되잖아. 그러면 화장지 쓸 필요도 없고, 쓰레기도 안 생기고 좋을 것 같은데.

난 수도꼭지가 있으면 좋을 것 같아!

역시 아이의 상상력은 풍부하다. 필자가 미처 생각하지 못한 아이디어들이 아이들 머리에서 나올 때가 정말 많다. 여기서 핵심은 아이의 대답에 대해서 평가하지 말고 계속 아이의 아이디어를 쪼개고 확장하는 과정을 거치게 하는 것이다.

> 필자 : 벤치 옆에 있는 수도꼭지에서 물이 나오면 너무 좋지만, 혹시 물을 마음대로 써서 낭비되지 않을까?
>
> 아이 : 아빠, 물이 나오는 곳 밑에 배수로가 있으면 우리가 쓴 물이 배수로를 따라 나와서 근처 나무에 물도 주고 환경에도 좋을 것 같아.

필자는 프로그래밍 씽킹 기반의 교육 방법을 "좋을 텐데~"라고 부른다. 아이들과 같이 있을 때 불편하다고 느끼는 무언가를 발견하면, 바로 이렇게 시작한다. "좋을 텐데~" 그리고 "이게 이렇게 되면, 이런 게 되니까, 이런 사람들한테 너무 좋을 텐데~"라고 먼저 말을 시작하면 아이들도 각자의 생각을 담아서 얘기하기 시작한다. 이 과정에서 아이들은 풍부한 상상력을 유지하면서, 자연스럽게 프로그래밍 씽킹을 익히게 된다.

'프로그래밍 씽킹'은 조리법이다

　본격적으로 프로그래밍 씽킹을 배우기에 앞서 프로그래밍 씽킹의 근간이 되는 알고리즘에 관해 설명하고자 한다. 알고리즘이란 문제 해결을 위한 명확하고 단계적인 절차이다. 어떤 일에 순서를 정하고 두고 무엇을 먼저 할 건지에 대한 조건들을 작성하는 것이다. 쉽게 설명하자면, 알고리즘은 음식의 조리법을 작성하는 과정과 유사하다.

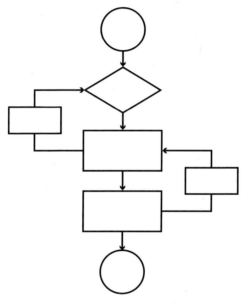

[그림 2-6] 알고리즘 예시

　예를 들어 미역국을 조리할 때는 일련의 과정을 거친다. 먼저 미역을 물에 담가 2시간 불려주고, 각종 고기와 채소를 준비한다. 그 후 냄비에 준비된 미역을 볶은 다음에 준비해둔 고기와 채소, 그리고 조미료를 넣고 끓이면 완성된다.

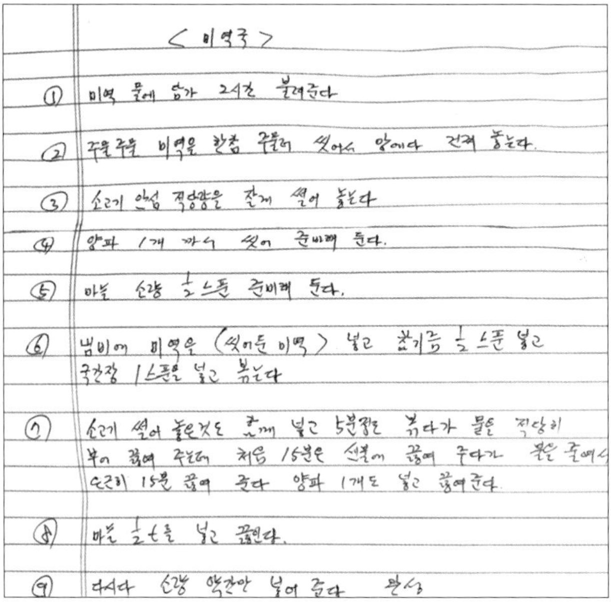

[그림 2-7] 미역국 조리법

　　[그림 2-7]은 필자의 어머니가 작성한 미역국 조리법이다. 여기서 핵심은 반드시 지시된 사항을 순서대로 수행해야 한다는 점이다. 만약 미역을 물에 담그기 전에 냄비에 넣고 끓이거나 국이 끓기도 전에 조미료를 넣는다면 우리가 상상했던 미역국의 맛과 달라질 가능성이 크다. 순서에 맞는 일련의 과정을 행하는 것, 이를 알고리즘이라고 부른다.

　　다만, 사진 속 조리법은 알고리즘이라고 부르기 어려운 면이 있다. 요리해본 사람과 요리 경험이 없는 사람은 '적당량', '소량', '은근히'라는 단어에 대한 이해도가 서로 다르다. 또한, 요리 경험이 있는 사람들조차 '적당량'의 기준이 서로 다르다. 알고리즘은 누가 읽어도 모두 같은 행위를 지시할 수 있어야 한다.

2019년 5월 30일 방영한 tvN 〈커버스토리〉에서 재미있는 실험을 진행했다. 초등학생 자녀가 있는 네 가족을 섭외해서 시리얼 먹기 실험을 했다. 수저, 그릇, 우유, 시리얼 이렇게 4가지 실험환경을 두고, 아이들에게 부모가 시리얼을 먹기 위한 과정을 작성해 보라고 했다. 부모들에게는 반드시 아이가 작성한 지침서 대로만 행동할 것을 주문했다. 즉, 학생과 부모가 각각 개발자와 컴퓨터 역할을 경험해보는 것이다.

[그림 2-8] tvN 〈커버스토리〉 - 시리얼 먹기 실험

실험 결과는 흥미로웠다. 네 가족 가운데 부모가 시리얼 먹기에 성공한 가족은 한 가족도 없었다. 한 가족의 아이들은 지침서에 '시리얼을 적당량 붓는다'라고 작성했는데, 부모는 식탁 위에 시리얼을 계속 부었다. 그릇이라는 조건이 없었기 때문이다. 한 아이는 '우유를 시리얼이 담긴 그릇에 붓는다'라고 작성했는데, 얼마만큼이라는 조건이 없어서 부모는 그릇에 우유가 넘칠 때까지 부었다. 이렇듯 간단해 보이는 절차들도 글로 써보면 생각만큼 쉽게 작성되지 않는다.

아마 이 책을 읽는 대부분의 독자도 시리얼을 먹는 프로세스를 프로그램적 사고에 능숙한 개발자만큼 원활하게 구성하지는 못할 것이다. 프로그램적 사고를 위해서는 눈에 보이는 현상 혹은 여러분이 해결해야 하는 문제에 관해 생각을 확장하고, 확장된 생각을 아주 작게 쪼개고, 또 확장하고, 또다시 쪼개는 작업을 반복하는 방식의 사고 훈련을 해야 한다. 이 책을 통해서 여러분을 마치 능숙한 프로그래머처럼 생각을 확장하고 쪼개서 세분화하는 경험을 갖게 될 것이고, 이 책을 다 읽을 때쯤에는 이미 능숙한 프로그래머의 사고를 갖게 될 것이다.

프로그래밍 씽킹을 하기 위해서는 주어진 문제를 컴퓨터가 이해할 수 있는 프로그래밍 언어로 전환할 수 있는 사고, 즉 프로그램적 사고를 키워야 한다. 프로그램적 사고 능력을 갖추게 되면 단순한 현상을 구체화된 현상으로 재구성하거나, 구체화된 현상을 다시 간결하게 세분화해서 단순화할 수 있게 될 것이다.

코딩은 명령이다 – 정확한 명령 내리기

아기 : 아빠, 이유 한 잔 주세요.

아빠 : 응? 이유? 아, 우유. 그래, 우유 가져다줄게~

사람은 기본적으로 논리적 사고를 할 수 있어서, 아이가 정확한 요청을 하지 않아도 추론 때문에 필요한 것이 무엇인지 유추해낼 수 있나. 하지만 기계는 사람과 같은 논리적 사고를 할 수 없으므로 정확하게 지시해야 작동할 수 있다. 반대로 정확한 지시를 내리지 않으면 오동작이 일어나게 된다. 코딩(프로그래밍)은 기계가 이해할 수 있는 컴퓨터 언어를 통해 기계에 명령을 내리는 것이다. 명령을 내리기 위해서는 무엇을 요청할지, 어떻게 요청할지 미리 생각해야 한다. 원하는 결과를 얻기 위해서는 정확한 명령을 내릴 수 있어야 한다.

누구나 사회생활을 하면서 상사가 지시한 업무 내용을 잘못 이해하고 수행하여 곤란을 겪은 적이 한 번쯤은 있을 것이다. 내가 상사의 업무 지시를 정확히 이해하지 못한 경우도 있겠지만, 상사가 정확한 업무 지시를 하지 못한 경우도 있다. 리더가 업무 지시를 내릴 때는, 업무를 담당할 사람의 업무 이해 수준에 맞춰서 정확하게 지시를 내리는 것이 중요하다. 업무 지시를 이해하지 못한 담당자보다, 업무를 이해할 수 있도록 정확한 지시를 내리지 못하는 것이 더 큰 문제이다.

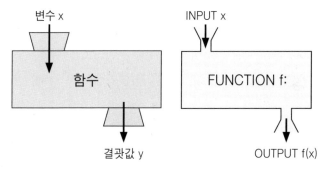

[그림 2-9] INPUT에 따라 달라지는 OUTPUT

업무를 지시할 때는 지시를 받는 대상이 이해할 수 있는 언어로 정확하게 명령할 수 있는 역량을 가져야 한다. 여러분은 코딩을 통해 무슨 명령을 내릴지, 어떤 방법을 사용할지, 어떻게 요청해야 원하는 결과를 얻을 수 있을지 자연스럽게 사고할 수 있는 능력을 키울 수 있다. 코딩에서 함수는 input과 output을 갖는다. 이 책의 프로그래밍 기초 문법 중 함수 편을 읽고 나면, 프로그래밍에서 함수가 무엇인지 자연스럽게 터득할 수 있다. 어떤 것을 input으로 받아서 어떤 것을 output으로 보내야 할지 정하는 것이 프로그래밍이다.

어떤 input을 가지고 어떤 output이 나와야 하는지 기준을 세우고, 업무 지시를 내린다면 업무를 수행해야 하는 담당자는 좀 더 효율적으로 해당 업무를 수행할 수 있다. 그리고 자신이 진행 중인 업무를 통해 어떤 결과가 예상되는지 생각할 수 있다.

정확한 업무 지시를 하지 못했을 때 발생할 수 있는 문제를 다음의 사례를 통해 알아보자.

<사례 1>

직장인 A씨는 지난 상반기 결산 정보를 밤을 새워가며 그럴싸한 파워포인트 문서로 만들었다. 그런데 상사가 지시한 업무는 발표가 필요한 일이 아니었다. 결산 정보를 보고서로 제출해야 하니 워드 파일로 다시 정리해서 달라고 한다. 워드 파일로 다시 작업하라는 말을 듣는 순간, A씨는 마음속으로 '아…. 처음부터 워드로 달라고 하지….'라고 생각했다.

<사례 2>

　○○대학교 3학년인 B씨는 교수님의 지시로 새로 개설할 머신러닝 강의에 대한 학생들의 수요 조사를 진행했다. B씨는 뛰어다니며 전체 학년의 강의 수요를 조사하여, 그 결과를 교수님께 제출했다. 그런데 교수님은 3학년 학생의 수요 조사만 있으면 된다고 한다. 교수님은 B씨가 3학년이기 때문에 당연히 3학년의 수요 조사만 할 것이라 생각했다.

　<사례 1>은 output에 대한 정의가 정확히 이루어지지 않은 채 업무 지시가 내려진 사례이다. 반대로 <사례 2>는 input에 대한 정의가 정확히 이루어지지 않은 채 업무 지시가 내려진 사례이다. 이처럼 누군가에게 업무를 요청하거나 또는 업무를 지시받을 때 정확한 input과 output을 정의하지 않은 채로 일을 진행하는 경우가 많다. 그로 인해 불필요하게 시간을 낭비할 뿐만 아니라, 그 결과가 비즈니스에 치명적인 손해로 이어지는 경우를 많이 보게 된다.

　프로그래밍 씽킹은 단순히 논리적 사고를 키우는 것만을 의미하는 것이 아니다. 프로그래밍 씽킹은 정확한 결과를 얻기 위해, 무엇보다 먼저 input과 output에 대한 명확한 정의를 내리는, 프로그램적 사고가 가능하게 돕는다.

알파고가 이세돌 9단을 이긴 방법은?

2016년 3월 전 세계는 '알파고(AlphaGo) 충격'에 빠졌다. 구글의 인공지능(AI) 알파고가 이세돌 9단과의 대국에서 승리하자(최종 점수: 4승 1패) '로봇이 인간을 지배할 수 있다'라는 두려움이 엄습한 것이다. 이 대국으로 AI 기술 개발의 중요성을 일깨웠고, 각국은 총성 없는 AI 전쟁을 준비했다. 그렇다면 알파고는 어떻게 바둑을 학습했을까?

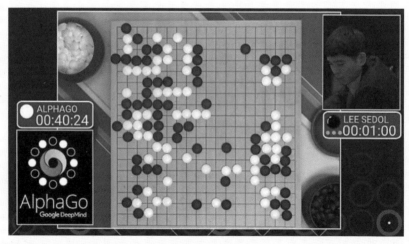

[그림 2-10] 알파고와 딥러닝

학습 방법을 알기 위해서는 바둑에 대한 이해가 먼저 필요하다. 중국에서 약 2,500년 전에 발명된 바둑은 가로와 세로로 그어져 있는 19줄의 361개 교차점에 흑과 백의 돌을 번갈아 가며 놓는 전략 경기다. 빈 교차점을 둘러싸 자신의 집으로 만들면 되는데, 자신이 둘러싼 교차점 하나가 1점이 돼서 상대방보다 많은 점수를 얻으면 승리한다. 규칙은 간단하지만, 바둑 경기가 전개되는 상황은 복잡하다. 경우의 수를 따져봐도 바둑은 무한에 가깝다. 단순하게 계산해봐도, 바둑의 경우의 수는 가로, 세로 19줄이므로 한번 둘 때 361개의 경우의 수가 있다. 그리고 흑과 백이 한 번씩 두므로 모든 경우의 수는 각 수를 모두 곱해서 얻을 수 있다.

$$361! = 361 \times 360 \times 369 \dots \times 5 \times 4 \times 3 \times 2 \times 1$$

이 값을 계산하면 1.4×10^{768}으로 769자리 숫자이다. 이를 대국 제한 시간인 2시간 안에 모두 계산해야 한다. 기본적으로 알파고는 '몬테카를로 방법(Monte Carlo method)'이라는 통계적 알고리즘을 활용해 바둑을 학습한다. 이 알고리즘을 쉽게 설명하면 가능한 경우의 수를 무작위로 뽑아서 가장 이길 확률이 높은 수를 계산하는 알고리즘이다. 그러나 바둑의 경우에는 무작위로 뽑아도 계산해야 할 수가 너무 많다. 그래서 알파고는 몬테카를로 알고리즘에 더해서 딥러닝(Deep Learning) 기술을 이용해 컴퓨터가 스스로 학습하게 했다. 컴퓨터가 학습하기 위해서는 데이터가 필요하다. 바둑에서는 프로선수의 대국 결과가 정답에 가까운 좋은 데이터이다. 알파고는 수많은 프로선수 대국 결과를 복기하면서 학습한다. 학습이 완료된 알파고는 다음의 프로세스대로 바둑을 둔다.

먼저 상대방의 수를 자세하게 관찰한다. 그리고 알파고가 둘 수 있는 가능한 모든 경우의 수를 탐색하고, 경우의 수들을 여러 개 묶어서 영역으로 구분한다. 이길 가능성이 낮은 확률의 영역부터 하나씩 제거하고, 가능성이 가장 큰 영역을 다시 작은 영역으로 쪼개서 세분화한다. 이후 다시 확률을 계산하고 다시 세분화하는 과정을 반복해 최종적으로 최적의 수를 찾는다. 이 프로세스가 어딘가 낯이 익지 않은가? 바로 '프로그래밍 씽킹'이다. 우리도 이 방식을 빌려 현실에 적용하면 문제들을 좀 더 논리적이고 효율적으로 해결할 수 있다.

어떤 프로그램이 좋은가?

여기 두 명의 통역사가 있다. 첫 번째 통역사는 비용이 매우 저렴하지만, 통역을 위해서는 미리 대화할 내용을 다 적어가야 하고 오탈자나 문법 체크를 다 해가지 않으면 한 마디도 통역해 주지 않는다. 두 번째 통역사는 첫 번째 통역사보다 비용은 다소 비싸지만, 대충 이야기해도 즉시 통역해 준다. 오탈자나 문법 체크, 갑자기 생각한 문장도 바로 통역해 준다. 만약 여러분이라면 어떤 통역사를 고용하겠는가?

[그림 2-11] 통역사

코딩은 컴퓨터와 대화하는 행위이다. 컴퓨터는 오직 0과 1로 이루어진 이진 코드 언어만 이해한다. 인간의 언어는 한국어, 영어, 중국어, 일어 등 다양하지만, 대표 언어로 영어가 존재한다. 영어로 컴퓨터와 대화하기 위해서 프로그램 언어(Programming language)를 만들었다. 이 프로그램 언어가 통역사 역할을 한다. 프로그램 언어는 저수준 언어와 고수준 언어로 구분된다. 여기서 저수준 언어는 첫 번째 통역사에 해당하며, C나 어셈블리어가 있다. 고수준 언어는 두 번째 통역사에 해당하며, Python, Ruby, Go 등이 있다. 비용은 컴퓨팅 파워인데, 최근에는 컴퓨터 성능이 좋아져서 컴퓨팅 파워에 대한 부담이 없다. 그렇다면 고수준 언어 중에서 어떤 프로그램 언어를 배우면 좋을까? 프로그램 언어마다 각기 다른 장단점이 있지만, 초보자에게는 '파이썬'을 추천한다.

[그림 2-12] 파이썬

파이썬은 1991년 귀도 반 로섬이 발표한 프로그래밍 언어이다. 파이썬은 초보자가 쉽게 배울 수 있으므로, 이를 익히면 다른 프로그램 언어도 쉽게 익힐 수 있다. 영어를 잘하게 되면 스페인 언어도 쉽게 배울 수 있는 것과 비슷하다. 파이썬의 장점은 3가지로 요약할 수 있다.

첫 번째 장점은 무료이고 사용하기 쉽다는 것이다. 파이썬은 기존 프로그래밍 언어보다 문법이 단순해서 배우기 쉽다. 특히 문법적으로 영어와 비슷하다. 예를 들어, "만약 a(변수명)에 1이 있다면 '1이 있다'라고 표시해라"를 영어로 번역하면 "If a has 1, print 'there is 1'"이다. 여기서 has를 in으로 바꾸고 ,를 :으로 바꾸고 ' ' 앞뒤로 ( )를 넣으면 코드 완성이다.

두 번째 장점은 활용도가 뛰어나다는 점이다. 파이썬은 간단한 PC 프로그램부터 웹/앱 개발, 빅데이터 분석, 사물인터넷 기술까지 다양한 분야에 적용할 수 있다. 그리고 다른 언어와의 호환성 및 연계성이 좋다는 장점도 있다.

세 번째 장점은 세계적으로 사용자 규모가 가장 크다는 점이다. 미국 국제전기·전자기술자협회(IEEE)의 '세계 프로그래밍 언어 순위 2019'를 발표했는데 1위가 파이썬이였다. 사용자가 많다는 것은 그만큼 다른 사람이 만든 코드들이 많아서 활용하기 편하고, 모르는데 있을 때 쉽게 배울 수 있다는 장점이 있다.

우리가 언어를 배울 때 영어를 먼저 배우는 이유와 비슷하다. 영어는 많은 사람이 쓰기 때문에 무료로 영어를 배울 방법(예를 들어 유튜브)이 많고 주변에 영어를 물어볼 사람도 많다. 또한, 영어를 배우면 활용할 곳이 많다. 토익 시험뿐만 아니라 해외 업무 수행 시 외국어 문서나 영상 등을 볼 때도 도움이 된다. 이러한 이유와 비슷하게 프로그래밍 언어의 '영어'인 '파이썬'을 초보자가 시작하는 것을 추천한다.

프로그래밍 씽킹

3장

프로그래밍 씽킹 배우기

프로그래밍 씽킹 배우기

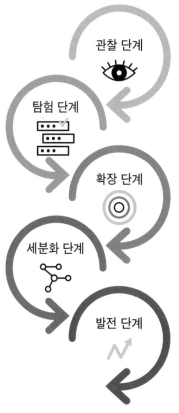

[그림 3-1] 프로그래밍 씽킹 5단계

프로그래밍 씽킹은 문제를 해결하는 능력이다. 문제를 해결하기 위해서는 먼저 주어진 문제가 무엇인지 정확히 파악하고, 문제를 해결하기 위해 각 단계를 정확한 프로세스(순서)에 맞게 정의 내려야 한다. 그리고 정의된 각 단계를 다각도로 분석하고 예외사항을 포함한 모든 경우의 수를 찾아내야 한다. 그다음, 정리된 단계를 깊이 파고들어 구체화하고 확장해야 한다. 마지막으로, 각 단계는 프로그램 코드로 표현되어야 하므로 구체화되고 확장된 내용을 간결하게 정리하고 세분화하여 쪼개야 한다. 프로그래밍 씽킹 과정은 바로 이러한 단계를 거치는 것이다.

관찰 단계	다각도로 살펴보기
탐험 단계	가능한 모든 경우의 수를 찾아내기
확장 단계	깊게 사고하고, 과정을 구체적으로 확장하기
세분화 단계	과정을 쪼개서 여러 과정으로 분리하기
발전 단계	각 과정을 다시 한번 확장하여 한 번 더 세분화하기

[표 3-1] 프로그래밍 씽킹 5단계

다음의 예제를 해결하는 과정을 통해 프로그래밍 씽킹을 익혀보자. 그 다음, 프로그래밍 씽킹을 어떻게 적용하고 발전시켰는지 각 단계별로 살펴보도록 하겠다.

<예제 1>

음료 자판기가 있다. 자판기에서 판매하는 음료의 종류와 가격은 다음과 같다.

- 코카콜라 : 700원
- 솔의눈 : 1,200원
- 오렌지 : 700원
- 보리차 : 1,000원
- 커피 : 700원

이 자판기에는 동전은 100원과 500원, 지폐는 1,000원과 5,000원을 넣을 수 있다. 자판기 프로그램을 개발한다는 생각으로 고객이 돈을 넣고 음료를 받기까지 프로그램 내부에서 일어나는 전 과정을 단계별로 작성해보자.

프로그램에 대한 경험이 부족한 초보자라면 다음과 같이 프로세스를 정리했을 것이다.

❶ 고객이 자판기에 돈을 넣는다.

❷ 고객이 음료를 선택한다.
투입 금액이 선택한 음료의 가격보다 크면 자판기에서 음료가 나온다.

❸ 투입 금액에서 음료 가격을 뺀 나머지 금액이 자판기에서 나온다.

초보자보다는 프로그램에 대한 경험이 많거나, 기본적인 프로그램적 사고를 갖추고 있는 중급자라면 다음과 같이 프로세스를 정리했을 것이다.

예제 1 중급 프로세스

❶ 고객이 자판기에 돈을 넣는다.

❷ 고객이 넣은 돈이 100원, 500원, 1,000원, 5,000원이 맞는지 확인한다.

❸ 투입 금액이 700원 이상이면 코카콜라, 오렌지, 커피 버튼의 불을 켠다.
투입 금액이 1,000원 이상이면 보리차 버튼의 불을 켠다.
투입 금액이 1,200원 이상이면 솔의눈 버튼의 불을 켠다.

❹ 불이 켜진 음료의 버튼을 누르면 자판기에서 음료가 나온다.

❺ 투입 금액에서 선택한 음료 가격을 뺀 나머지 금액이 자판기에서 나온다.

만일 여러분이 이 정도까지 생각했다면, 이미 어느 정도 프로그램적 사고를 갖추고 있다고 말할 수 있다. 여기서 한 단계 더 나아가면 다음과 같이 프로세스를 정리할 수 있다.

중고급 프로세스

① 고객이 자판기에 돈을 넣는다.

② 고객이 넣은 돈이 동전이면 100원 혹은 500원이 맞는지 확인한다.
고객이 넣은 돈이 지폐이면 1,000원 혹은 5,000원이 맞는지 확인한다.

③ 2번의 조건을 만족하지 않을 경우, 고객이 넣은 돈을 그대로 자판기 밖으로 내보낸다.

④ 투입 금액이 700원 이상이면 코카콜라, 오렌지, 커피 버튼의 불을 켠다.
투입 금액이 1,000원 이상이면 보리차 버튼의 불을 켠다.
투입 금액이 1,200원 이상이면 솔의눈 버튼의 불을 켠다.

⑤ 불이 켜진 음료의 버튼을 누르면, 투입 금액에서 선택한 음료 가격을 뺀 나머지 금액을 자판기에서 잔돈으로 지불할 수 있는지 확인한다.

⑥ 자판기에 지급할 수 있는 잔돈이 있다면, 고객이 선택한 음료를 자판기에서 내보낸다.

⑦ 자판기에 지급할 수 있는 잔돈이 없다면, 잔돈 없음 표시에 불을 켠다.

⑧ 6번의 조건에 해당할 경우, 투입 금액에서 선택한 음료 가격을 뺀 나머지 금액을 내보낸다.

⑨ 7번의 조건에 해당할 경우, 고객이 반환 버튼을 누르면 투입 금액 전체를 내보낸다.

마지막으로, 프로그래밍 씽킹에 능숙한 사람은 다음과 같이 프로세스를 정리할 수 있다.

❶ 고객이 자판기에 돈을 넣는다.

❷ 고객이 넣은 돈이 동전이면 100원 혹은 500원이 맞는지 확인한다.
고객이 넣은 돈이 지폐이면 1,000원 혹은 5,000원이 맞는지 확인한다.

❸ 2번의 조건을 만족하지 않을 경우, 고객이 넣은 돈을 그대로 자판기 밖으로 내보낸다.

❹ 투입 금액이 700원 이상이면 투입금에서 음료 가격 700원을 뺀 잔돈이 자판기에 있는지 확인하고, 잔돈이 있으면 코카콜라, 오렌지, 커피 버튼의 불을 켠다.

❺ 투입 금액이 1,000원 이상이면 투입금에서 음료 가격 1,000원을 뺀 잔돈이 자판기에 있는지 확인하고, 잔돈이 있으면 보리차 버튼의 불을 켠다.

❻ 투입 금액이 1,200원 이상이면 투입금에서 음료 가격 1,200원을 뺀 잔돈이 자판기에 있는지 확인하고, 잔돈이 있으면 솔의눈 버튼의 불을 켠다.

❼ 자판기에 지급할 수 있는 잔돈이 없다면, 잔돈 없음 표시에 불을 켠다.

❽ 4, 5, 6번의 조건에 해당할 경우, 고객이 음료 버튼을 누르면 자판기에서 음료와 함께 잔돈을 내보낸다.

❾ 7번의 조건에 해당할 경우, 고객이 반환 버튼을 누르면 넣은 돈 전체를 내보낸다.

마지막 예시의 프로세스는 바로 전 프로세스와 비슷하게 보이지만, 사실 매우 큰 차이가 있다. 그전 프로세스의 경우 자판기에 잔돈이 있는지 여부와 상관없이 일정한 금액만 넣으면 음료 버튼을 누를 수 있게 불이 켜지고, 고객이 음료를 선택한 다음에 자판기에 잔돈이 있는지를 확인할 수 있다.

만약 고객이 선택한 음료에 대한 잔돈이 자판기에 없다면, 고객은 음료를 선택하고 버튼을 누른 후에야 잔돈이 없어서 음료를 마실 수 없다는 걸 알게 되는 불쾌한 경험을 할 수 있다. 반면, 마지막에 작성된 프로세스는 고객이 넣은 돈과 자판기에 있는 잔돈을 미리 확인해서 고객이 선택할 수 있는 음료 버튼 불만 켜기 때문에 불쾌한 경험을 줄일 수 있다. 여기까지 고려했다면 완벽한 프로그래밍 씽킹을 완성한 것이다. 그럼 지금부터 이러한 과정에 대해서 차근차근 알아보자.

3.1 관찰 단계: 다각도로 살펴보기

관찰 단계의 핵심은 관찰할 대상을 크게 입력과 출력 부분으로 나누어서 살펴보는 것이다. 먼저 우리가 관찰해야 할 대상인 자판기에서 입력 부분에 해당하는 것을 한번 나열해보자. 입력은 자판기 사용자가 자판기에 어떤 것을 해달라고 요청하는 부분이다.

- 동전 투입구
- 음료 선택 버튼
- 지폐 투입구
- 돈 반환 레버

다음은 출력 부분에 해당하는 것을 나열해 본 것이다. 출력은 입력에 따라 자판기가 동작하는 부분이다.

- 동전 반환구
- 음료 반환구
- 음료별 가격 표시화면
- 지폐 반환구
- 투입된 금액 표시 화면

자판기에서 출력 부분을 나열할 때 투입된 금액을 표시하는 부분을 놓치는 경우가 많다. 사용자가 투입한 금액이 얼마인지를 표시하는 부분은 자판기에서 출력 부분에 해당한다. 음료별 가격 표시 화면도 마찬가지이다. 그리고 지폐 투입구 역시, 잘못된 지폐가 투입되었을 때 바로 그 지폐를 반환해 주는 역할을 해서 입력 부분임과 동시에 출력 부분에 해당한다.

입력

동전 투입구
지폐 투입구
음료 선택 버튼
돈 반환 레버

출력

동전 반환구
지폐 반환구
음료 반환구
투입된 금액 표시 화면
음료별 가격 표시화면

[그림 3-2] 자판기 이미지

자판기를 사용하는 사용자의 행위는 입력 부분에 해당하며, 이러한 입력에 따라 자판기가 동작하는 부분은 출력에 해당한다. 소프트웨어에서 모든 프로그램 코드는 특정 입력값을 받아서 그에 맞는 출력값을 만들어 준다. 결국, 좋은 프로그래머는 제대로 된 입력값을 찾아내고, 그에 맞는 출력값이 무엇인지 찾아내는 사람이다.

자, 여기까지는 자판기를 이용하는 사용자로서 분석한 입력과 출력 부분이다. 여기서 우리가 간과한 내용이 있다. 자판기는 음료 등을 마시기 위해 이를 이용하는 소비자만 사용하는 기계가 아니다. 소비자 외에 또 누가 자판기를 사용할까? 바로 자판기를 관리하는 자판기 관리자가 있다. 여기서 우리는 관찰 단계를 넘어서 탐험 단계로 나아가야 한다.

3.2 탐험 단계: 가능한 모든 경우의 수를 찾아내기

자판기 사용자에는 음료를 구매하는 사람 외에도, 부족한 음료를 채워 넣거나 금전함의 잔돈을 관리하는 자판기 관리자가 있다. 자판기 관리자 입장에서 보면 입력 부분이 조금 더 추가되어야 한다.

- 동전 투입구
- 지폐 투입구
- 음료 선택 버튼
- 돈 반환 레버
- 열쇠 구멍(자판기를 열 때 사용한다)
- 음료 진열대(구매자가 볼 수 있도록 음료를 진열한다)
- 진열대별 음료 가격 설정(자판기 내부에서 가격을 설정하는 기능판이다)

우리는 특정 대상을 관찰할 때, 사용자 입장에서만 바라보고 관찰을 하는 경향이 있다. 하지만 우리 주변의 수많은 제품은 제각기 매우 다양한 유형의 사용자들이 존재하고, 유형별로 사용하는 방식 역시 매우 다양하다. 따라서 탐험 단계에서 관찰할 대상에 관계된 모든 사용자 유형을 찾아내야 한다. 그런 다음, 사용자 유형별로 입력과 출력 부분을 찾아야 한다. 그리고 사용자의 입력에 따른 출력이 적절한지 생각해 봐야 한다. 가끔 우리는 특정 제품을 사용하다가 얼굴을 찌푸리게 되는 경우가 있다. 이러한 상황은 대체로 우리가 입력한 데 맞는 출력이 적절하게 이루어지지 않을 때이다. 결국, 좋은 제품은 사용자가 필요한 것을 입력하면 기대한 결과가 적합하게 출력되는 제품이다. 탐험 단계를 정리하면 다음과 같다.

- 관찰할 대상의 모든 사용자 유형을 찾아내라.
- 각 사용자 유형 별로 관찰할 대상의 입력 부분을 찾아내라.
- 각 사용자 유형 별로 관찰할 대상의 출력 부분을 찾아내라.
- 입력에 따른 출력 부분은 적절한가에 대한 의문을 품어라.

우리는 관찰과 탐험 단계를 통해서 사용자를 파악하고, 대상을 분석하여 모든 입력과 출력 부분을 찾아내 보았다. 관찰과 탐험 단계는 단지 소프트웨어를 개발할 때만 필요한 것이 아니라 제품을 분석하거나 새로운 제품을 구상할 때 역시 매우 유용하게 사용된다. 이미 여러분은 수많은 영역에서 이러한 관찰과 탐험 단계에 해당하는 행위를 하고 있다. 단지 프로그래밍 씽킹에서는 관찰해야 할 대상을 입력 부분과 출력 부분으로 명확히 나누어서 관찰한다는 점이 다르다. 그리고 사용자 유형에 따라 입력과 출력 부분을 다르게 생각해야 한다는 점을 명심하면 된다.

3.3 확장 단계: 깊게 사고하고, 구체화하기

확장 단계를 따로 두는 이유는 처음부터 깊게 사고해서 구체적인 단계를 작성하는 것보다 관찰 단계, 탐험 단계를 통해 전체 프로세스를 빠르게 작성해 보는 것이 더욱 중요하기 때문이다. 처음부터 깊게 사고하여 구체적인 단계를 작성하려면, 프로세스를 작성하는 데 시간이 많이 소요된다. 이렇게 작성한 내용에 전혀 문제가 없다면 상관없지만, 만약 일부 내용이 빠지거나 틀린 내용이 있다면 이후 모든 단계에서 잘못된 결과를 초래할 수 있다. 그러므로 처음부터 모든 내용을 세세하게 작성하려 하지 말고, 처음에는 프로그램 내부에서 일어나는 단계를 시작부터 종료까지의 전 과정을 파악할 수 있게, 전체 사이클을 빠르게 작성하는 것이 중요하다. 이렇게 시작에서 종료까지의 사이클이 완성되어야 전체 프로세스를 이해할 수 있기 때문이다.

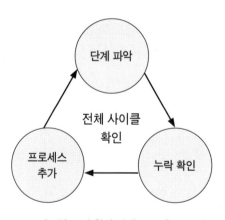

[그림 3-3] 확장 단계 프로세스

전체 프로세스를 이해해야만 각 단계에서 빠진 부분이나 보충해야 할 부분을 추가로 도출해 낼 수 있다. 그래서 프로그래밍 씽킹에서는 처음부터 깊게 사고해서 각 단계를 구체적으로 작성하기보다는, 현재 자신이 파악할 수 있는 수준에서 시작에서 종료까지 각 단계를 간결하고 빠르게 작성하고, 그 이후에 각 단계에 대해서 다시 깊게 사고하고 구체화하는 단계를 거치는 것이 매우 중요하다.

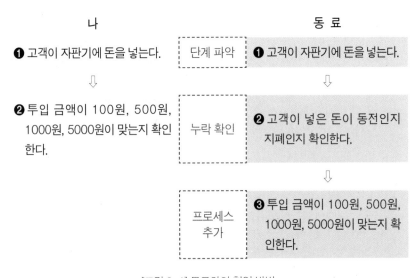

[그림 3-4] 동료와의 협업 방법

우리는 다른 사람과의 협업을 통해 업무를 진행할 때가 많다. 협업 중에는 각자가 파악한 프로세스를 간결하게 작성하고 이를 공유하면서 진행하는 것이 더욱 효과적이다. 내가 작성한 단계와 다른 사람이 작성한 단계가 서로 같지 않을 수 있다. 그러므로 각자 작성한 단계를 서로 비교하여 잘못된 단계를 수정하거나, 보충해야 할 부분을 나열하여 각 단계를 구체화하는 작업을 함께 진행해야 한다.

다시 자판기 문제로 돌아와서 생각해보자. 가장 처음에 작성한 초급 단계의 프로세스부터 살펴보자.

초급 프로세스

❶ 고객이 자판기에 돈을 넣는다.

❷ 고객이 음료를 선택한다.
투입 금액이 선택한 음료의 가격보다 크면 자판기에서 음료가 나온다.

❸ 투입 금액에서 음료 가격을 뺀 나머지 금액이 자판기에서 나온다.

우리는 이제 관찰 단계의 입력 부분, 출력 부분과 탐험 단계의 사용자 유형을 적용하여 초급 프로세스의 1번 단계, "고객이 자판기에 돈을 넣는다."를 다음과 같이 확장해 볼 수 있다.

❶ 고객이 자판기에 돈을 넣는다.

● 고객이 자판기에 돈을 넣는다.

● 고객이 넣은 돈이 동전이면 100원 혹은 500원이 맞는지 확인한다.
고객이 넣은 돈이 지폐면 1,000원 혹은 5,000원이 맞는지 확인한다.

● 위의 조건을 만족하지 않을 경우, 고객이 넣은 돈을 그대로 자판기 밖으로 내보낸다.

3.4 세분화 단계: 과정을 쪼개서 여러 과정으로 분리하기

이제 할 일은 프로세스를 최대한 세분화하고 쪼개는 것이다.

> ❶ 고객이 자판기에 돈을 넣는다.
>
> ❷ 고객이 넣은 돈이 동전이면 100원 혹은 500원이 맞는지 확인한다.
>   고객이 넣은 돈이 지폐면 1,000원 혹은 5,000원이 맞는지 확인한다.
>
> ❸ 2번의 조건을 만족하지 않을 경우, 고객이 넣은 돈을 그대로 자판기 밖으로
>   내보낸다.

이렇게 "고객이 자판기에 돈을 넣는다."라고 시작한 단계가 1~3단계로 세분되었다. 생각을 확장하고 세분화하여 쪼개는 연습이 필요한 이유는 프로그램을 짤 때 프로세스를 얼마나 확장하고 세분화하였는지에 따라 그 프로그램의 완성도가 결정되기 때문이다. 코딩을 잘하는 것과 프로그램의 완성도를 높이는 것은 전혀 다른 이야기이다. 코딩을 잘하는 사람이 높은 완성도를 가진 좋은 프로그램을 만드는 것은 절대 아니다. 좋은 프로그램, 완성도 높은 프로그램이란 다양한 사용자 환경에서 일어날 수 있는 여러 가지 경우의 수를 고려하여 최적의 품질을 제공하는 프로그램이다.

자, 앞으로 다시 돌아가서 나머지 단계에 대해서도 확장하고 쪼개는 연습을 해보자. 초급 프로세스의 2번 단계를 확장해보자.

고객이 음료를 선택한다.
투입 금액이 선택한 음료의 가격보다 크면 자판기에서 음료가 나온다.

- 투입 금액이 700원 이상이면 코카콜라, 오렌지, 커피 버튼의 불을 켠다.
  투입 금액이 1,000원 이상이면 보리차 버튼의 불을 켠다.
  투입 금액이 1,200원 이상이면 솔의눈 버튼의 불을 켠다.

- 투입 금액이 700원 이상이면 투입금에서 음료 가격 700원을 뺀 잔돈이 자판기에 있는지 확인하고, 잔돈이 있으면 코카콜라, 오렌지, 커피 버튼의 불을 켠다.

- 투입 금액이 1,000원 이상이면 투입금에서 음료 가격 1,000원을 뺀 잔돈이 자판기에 있는지 확인하고, 잔돈이 있으면 보리차 버튼의 불을 켠다.

- 투입 금액이 1,200원 이상이면 투입금에서 음료 가격 1,200원을 뺀 잔돈이 자판기에 있는지 확인하고, 잔돈이 있으면 솔의눈 버튼의 불을 켠다.

- 투입 금액이 700원 이상이면 투입금에서 음료 가격 700원을 뺀 잔돈이 자판기에 있는지 확인하고, 잔돈이 있으면 코카콜라, 오렌지, 커피 버튼의 불을 켠다.

- 투입 금액이 1,000원 이상이면 투입금에서 음료 가격 1,000원을 뺀 잔돈이 자판기에 있는지 확인하고, 잔돈이 있으면 보리차 버튼의 불을 켠다.

- 투입 금액이 1,200원 이상이면 투입금에서 음료 가격 1,200원을 뺀 잔돈이 자판기에 있는지 확인하고, 잔돈이 있으면 솔의눈 버튼의 불을 켠다.

- 자판기에 지급할 수 있는 잔돈이 없다면, 잔돈 없음 표시에 불을 켠다.

3.5 발전 단계: 각 과정을 다시 한번 확장하여 세분화하기

이제 마지막으로 각 과정을 다시 한번 확장하고 세분해보자. 이 단계가 바로 발전 단계이다. 우리는 이 과정을 끊임없이 진행해서 더 이상 세분화할 수 없을 때까지 세분화하는 연습을 해야 한다. 자판기 문제로 돌아와 이 과정을 배워보자.

> - 투입 금액이 700원 이상이면 투입금에서 음료 가격 700원을 뺀 잔돈이 자판기에 있는지 확인하고, 잔돈이 있으면 코카콜라, 오렌지, 커피 버튼의 불을 켠다.

⬇

> - 투입 금액이 1,000원 이상이면 투입금에서 음료 가격 1,000원을 뺀 잔돈이 자판기에 있는지 확인하고, 잔돈이 있으면 보리차 버튼의 불을 켠다.

⬇

> - 투입 금액이 1,200원 이상이면 투입금에서 음료 가격 1,200원을 뺀 잔돈이 자판기에 있는지 확인하고, 잔돈이 있으면 솔의눈 버튼의 불을 켠다.

⬇

> - 자판기에 지급할 수 있는 잔돈이 없다면, 고객에게 잔돈이 없음을 알려준다.

단순한 사고의 단계를 확장하고 세분화하여 단계를 쪼개는 과정을 통해, 우리는 프로그램에서 고려해야 할 모든 것을 프로세스적으로 완성하

게 되는 것이다. 이 책을 읽는 독사들은 개발자가 되고 싶은 사람일 수도 있고, 개발팀을 이끄는 매니저일 수도 있으며, 개발자와 협업하는 사람일 수도 있다. 이 책에서 제공하려는 것은 독자 여러분이 그 어떤 분야에 종사하더라도 프로그래밍적 사고를 습득할 수 있도록 하는 것이다.

관찰단계 핵심 역량: 벤치마킹

프로그래밍 씽킹의 첫 번째 단계인 관찰단계는 근본적 문제를 찾고 개발을 위한 밑거름이 되는 핵심 단계이다. 훌륭한 개발자는 이 관찰단계에 가장 많은 시간을 보낸다. 문제를 잘 정의하는 것만큼 문제 해결에 도움을 주는 행위가 없기 때문이다. 서비스를 개발할 때 역시 개발 전 관찰을 잘하는 것이 중요한데, 다양한 관찰 방법 가운데 벤치마킹(Benchmarking) 기법을 소개하고자 한다.

벤치마킹이란 측정의 기준이 되는 대상을 설정하고 그 대상과 비교 분석을 통해 장점을 따라 배우는 행위를 말한다. 벤치마킹을 통해 시장에 제공하려고 하는 서비스와 유사/경쟁 제품을 비교 분석한다. 그 결과를 토대로 장점은 흡수하고, 단점을 보완합니다. 벤치마킹은 제품 출시 전에는 제품을 기획/설계하는데 도움이 된다. 벤치마킹 대상이 되는 제품은 이미 출시가 되어서 운영이 되면서 수많은 고객으로부터 피드백을 받고 개선되었을 가능성이 커서 미처 생각지 못한 많은 부분은 발견할 수 있기 때문이다. 출시할 제품의 핵심 기능이 경쟁 제품에서 없다면 이 기능이 고객 확보에 중요한 역할을 할 수 있다. 제품 출시 후에도 일정 기간마다 벤치마킹은 지속해서 해야 한다. 경쟁 제품이 어떤 기능이 추가되고 있는지 지속해서 확인하고, 추가된 기능을 우리 제품에 수용할지 결정해야 한다. 벤치마킹은 최소 3개 이상의 제품을 선정하고, 선정된 제품을 직접 사용해 볼 수 있다면 비용이 들더라도 반드시 사용해야 한다. 꼭 사용하지 않더라도 벤치마킹을 하는 방법은 아래처럼 여러 가지이다.

- 경쟁 제품 공식 웹사이트 확인하기: 제품소개, 제공모델, 결재 방식 등 제품 개발 후 마케팅에 대한 다양한 정보를 얻을 수 있음.
- 기사 및 관련 통계 사이트 찾아보기: 시장 규모, 성장 가능성
- 경쟁 제품 직접 사용해보기: 제공되는 기능 목록 만들기

벤치마킹 후에는 다음의 4가지 요소(기능/서비스 비교, 사용자 조사, 서비스 제공 채널 및 채널 별 사용 점유율, 시장조사) 기반으로 벤치마킹 보고서를 만들면 됩니다.

기능/서비스 비교

경쟁 제품에서 제공하는 기능/서비스를 조사한다. 제공되는 기능 목록을 만들 때, 각 기능별로 우리 제품에 해당 기능을 넣을지를 결정한다. 반드시 있어야 하는 기능은 A, 있으면 괜찮은 기능은 B, 있어도 되고 없어도 될 것 같은 기능은 C로 표기한다. 경쟁 제품을 선정할 때는 국내/국외로 나누어서 조사한다. 국내/국외 경쟁 제품에서 제공하는 기능이 거의 유사하다면, 국내시장과 해외시장이 큰 차이가 없다는 것을 알 수 있어서, 제품 출시를 국내/국외가 다 가능하다는 것을 알 수 있다. 국내/국외 차이가 있다면, 우리 제품 출시를 국내를 먼저 할지, 국외를 먼저 할지 결정해야 한다.

기능/ 서비스	A사 제품	B사 제품	C사 제품	필요성	자사 제품 포함 여부
SNS 로그인	카카오톡, 네이버, 구글, 페이스북	구글, 페이스북	구글, 페이스북	A	포함

사용자 조사

경쟁 제품 서비스를 이용하는 사용자 유형을 조사한다. 사용자 유형은 연령별, 성별, 직종별 등을 고려하고 유형별 사용 빈도(하루 몇 시간 혹은 일주일에 몇 시간)를 조사해야 한다. 특히, 경쟁 서비스의 메인 타깃을 중점적으로 조사한다. 메인 타깃은 연령 혹은 직업, 특정 환경 등을 포함하여 구체적으로 작성해야 한다. 예를 들어, 여행을 좋아하는 20대 전문직 여성, 다이어트 욕구가 있는 40대 전문직 남성처럼 구체적으로 설정한다.

서비스 제공 채널 및 채널 별 사용 점유율

경쟁 제품에서 제공하는 서비스가 어떤 채널(또는 플랫폼)로 제공되는지 조사한다. 사용자는 어떤 채널을 가장 많이 사용하고 있는지, 채널별 사용 점유율을 조사합니다. 점유율을 확인이 어려울 때는 해당 서비스가 채널에 활용되고 있는지 확인하도록 한다.

	모바일 앱(%)	웹 브라우저(%)	데스크탑 앱(%)	TV(%)
A사 제품	30	20	10	40
B사 제품	10	20	70	0

C사 제품	50	50	0	0
자사 제품	60	20	10	10

시장조사

경쟁사 제품의 사용자 수, 매출 규모, 시장 순위 등을 조사합니다. 국내/국외 시장을 구분해서 시장 규모 및 앞으로 성장 규모를 조사하는 것이 좋다. 시장조사를 할 때는 닐슨과 같은 연구 조사 결과 보고서 등을 활용한다. 시상조사 결과와 더불어 자사 서비스/제품의 매출 목표와 시장 순위를 현실적으로 설정해보는 것이 좋다.

데이터 엔지니어, 데이터 분석가, 데이터 과학자의 차이점은 무엇인가?

최근 가장 인기 있고, 좋은 대우를 받는 직종들이 데이터 엔지니어, 데이터 분석가, 데이터 과학자이다. 각각의 역할이 어떻게 다른지 알아보자. 요즘 빅데이터라는 말을 많이 들을 수 있다. 저장되는 데이터의 용량이 기하급수적으로 증가하면서, 데이터 분석을 효과적으로 하기 위해서는 막대한 데이터를 안전하고 효과적으로 저장해서 필요할 때마다 빠르게 불러낼 수 있는 시스템을 구축해야 할 필요가 생겼다. 즉, 기업이 빅데이터를 어떻게 저장하고, 어떤 구조로 관리하고, 또 어떤 시스템을 통해서 관리할지에 대해서 결정하는 것이 매우 중요해진 것이다.

그리고 이렇게 엄청나게 많은 데이터를 아무런 정제 없이 저장하면 자원 낭비뿐만 아니라, 정작 데이터를 활용하는 시점에서 큰 비용이 들게 된다. 그래서 빅데이터를 기업에서 잘 활용할 수 있도록 데이터를 정제하고, 기업 시스템 내에 체계적으로 저장하고 활용할 수 있는 인프라를 만드는 일이 필요한데, 데이터 엔지니어가 이런 역할을 맡고 있다. 데이터 엔지니어는 다양한 종류의 데이터베이스 시스템을 구축할 수 있는 능력과 데이터를 빠르게 검색하고 기업 비즈니스에서 활용할 수 있도록 추출하는 능력이 필요하다.

데이터 분석가는 기업의 업무, 즉 비즈니스를 이해하고 기업이 이미 쌓아놓은 데이터를 분석하고 시각화하여 제공함으로써 기업이 의사 결정을 돕는 역할을 한다. 사실 데이터 분석가라는 역할은 오래전부터 있었고, 보통 기업업무시스템 구축에서 BI(Business Intelligence) 컨설턴트 임무를 수행하는 사람이 이에 해당한다고 볼 수 있다. 데이터 분석가는 실적 데이터를 바탕으로 기업 내의 담당자들에게 분석된 데이터를 시각화하여 제공하는 일을 맡는다. 경영 대시보드, 매출 대시보드 등의 대시보드가 이런 데이터 분석을 통해 나온 결과물이라고 할 수 있다. 다시 말해서 데이터 분석가는 이미 있는 데이터를 분석하고 보기 좋게 정리해서 기업 임원 및 관련 담당자들이 그 결과를 한눈에 쉽게 파악할 수 있게 제공하는 역할을 한다. 그래서 데이터 분석가는 비즈니스에 대한 전반적인 이해가 동반된 상태에서 현재의 데이터를 이용해서 실시간 분석할 수 있는 능력이 필요하다.

데이터 과학자는 확실히 예전에는 없던 역할이라고 볼 수 있는데, 인공지능 기술이 등장하면서 하나의 직업으로 주목받게 되었다. 데이터 분석가가 현재의 기업 상태에 대한 분석된 결과를 제공한다면, 데이터 과학자는 앞으로 회사가 어떻게 해야 할지, 앞으로의 매출 변화, 고객층 변화 등이 어떻게 진행될지를 예상하고 어떻게 비즈니스를 전개해야 할지에 대해 예상하여 이를 안내하는 역할을 한다. 또한, 빅데이터 내에서 새롭고 유의미한 데이터를 발견하고, 비즈니스에 응용할 수 있게 만드는 역할을 한다. 그래서 데이터 과학자는 다양한 종류의 데이터로부터 인사이트를 도출할 수 있는 능력 그리고 문제를 규명하고 솔루션을 찾을 수 있는 능력이 필요하다.

프로그래밍 씽킹

4장

프로그래밍 씽킹
따라하기

프로그래밍 씽킹 따라하기

지금까지 개발자가 사고를 어떻게 확장하고 세분화하는지 배웠다. 이제는 본격적으로 단순한 문제부터 어려운 문제까지 함께 풀어 보면서 프로그래밍 씽킹을 익혀보자.

4.1 [문제1] 패밀리레스토랑 주문 금액 계산

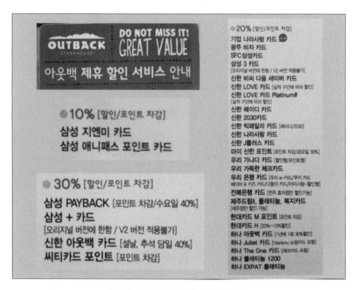

[그림 4-1] 패밀리레스토랑 주문

<문제 1>

    친구들과 함께 패밀리레스토랑에서 저녁을 먹었다. 주문한 음식과 할인 정보는 아래와 같다. 친구 A는 KT 통신 VIP이고, 친구 B는 SKT 통신 Silver 회원이고 할인 쿠폰을 가지고 있다. 친구 C는 KB 국민카드를 소지하고 있다. 친구들이 가지고 있는 신용카드, 통신사 카드, 쿠폰을 모두 제시하면, 가장 할인을 많이 받을 방법과 지불 총금액을 자동으로 계산하는 프로그램을 개발하려고 한다. 프로그램 내부에서 일어나는 각 단계를 작성해보자.

[주문 내용]

- 스테이크 : 28,000원
- 샐러드 : 14,000원
- 파스타 A : 12,000원
- 파스타 B : 13,000원
- 피자 : 14,000원

[할인 정보]

신용카드 할인	통신사 할인
- KB 국민카드 A: 20% 할인 - 삼성카드 B: 30% 할인 - 신한카드 C: 30% 할인	- SKT(VIP/Gold 등급: 15% 할인, Silver 등급: 5%) - KT(VIP 등급: 15% 할인, 일반 등급: 5%)
쿠폰	
SKT 회원 50,000원 이상 주문 시 15,000원 할인	

＊ 신용카드와 통신사 할인은 중복 불가능하며, 쿠폰은 중복할인이 가능함.

    자, 이 문제를 프로그래밍 씽킹 기반으로 해결해보자. 그리고 다음의 빈칸에 위의 문제에 대한 프로그램 단계를 최대한 확장하고 세분화하여 쪼개서 각 단계를 적어보자.

＊키워드나 경우의 수를 적어보고, 프로세스를 작성해 보세요.

패밀리레스토랑
할인율 계산

문제 1 **프로세스 작성**

이제 함께 이 문제를 프로그래밍 씽킹으로 해결하자. 단순화된 사고 단계로 시작해서 사고를 확장하고 세분화하여 살펴보자.

<table>
<tr><td>문제 1</td><td>초급 프로세스</td></tr>
</table>

❶ 주문한 음식의 총금액을 계산한다. 총금액은 주문한 음식 가격을 모두 더해서 구한다(총 81,000원).

❷ 제시한 신용카드, 통신사 카드, 할인 쿠폰을 살펴보고 사용 가능한 조합을 만든다.

❸ 조합별 할인 금액을 계산한다.

❹ 할인을 가장 많이 받을 수 있는 조건을 찾아내고, 할인 금액을 계산한다.

❺ 주문한 음식의 총 금액에서 할인 금액을 빼서 결제할 금액을 알려준다.

❻ 결제를 진행한다.

실제 프로그램 코드를 작성하게 된다면, 앞서 작성한 6가지 단계 중에서 ❷번과 ❸번 단계가 가장 중요한 부분이 된다. ❷번과 ❸번 단계를 좀 더 확장하고 세분화하고 쪼개 보자. 우선 단계를 확장하기 전에, 먼저 고객이 제시할 수 있는 할인 조건의 경우의 수를 생각해보자.

- 신용카드만 제시하는 경우

- 신용카드와 통신사 카드를 제시하는 경우
  (중복할인이 불가능하므로 두 가지 경우 중 할인이 큰 것을 선택한다)

- 신용카드와 할인 쿠폰을 제시하는 경우
  (할인 쿠폰은 통신사 카드에만 적용되므로 신용카드 할인액만 계산한다)

- 통신사 카드와 할인 쿠폰을 제시하는 경우

- 신용카드, 통신사 카드, 할인 쿠폰을 모두 제시하는 경우

이렇게 할인 금액을 계산해야 하는 경우의 수가 도출되었다. 여기서 생각을 좀 더 자유롭게 확장해보자.

㉮ 신용카드만 제시하는 경우

- 국민카드, 삼성카드, 신한카드 중 하나인지 확인하고, 국민카드는 20%, 삼성카드는 30%, 신한카드는 30%로 할인 금액을 계산한다.

㉯ 신용카드와 통신사 카드를 제시하는 경우

- 제시한 신용카드와 통신사 카드 중 할인 금액이 더 큰 경우를 찾아서 해당 할인율을 적용한 할인 금액을 계산한다.

㉰ 신용카드와 할인 쿠폰을 제시하는 경우

- 할인 쿠폰은 무시하고 신용카드 할인만 적용하여 할인 금액을 계산한다.

㉱ 통신사 카드와 할인 쿠폰을 제시하는 경우

- 통신사 카드가 SKT이고, 총 주문금액이 50,000원이 넘으면 통신사 할인 금액에서 15,000원 할인 금액을 더한 총 할인 금액을 계산한다.

㉲ 신용카드, 통신사 카드, 할인 쿠폰을 모두 제시하는 경우

- 신용카드 할인 금액을 계산한다.
- 통신사 카드가 SKT이면 총 주문금액이 50,000원이 넘는지 확인하고, 할인 금액에 15,000원을 더한 총 할인 금액을 계산한다.
- 신용카드 할인 금액과 통신사+할인 쿠폰 할인 금액을 비교해서 할인 금액이 더 큰 조건을 찾아내고, 그 할인 금액을 보여준다.

앞서 작성한 생각을 이제 세분화하고 쪼개보자.

고객이 제시한 할인 조건이 앞서 작성한 5가지 할인 경우의 수 가운데 어디에 속하는지 확인한다.

㉮ 신용카드만 제시하는 경우

할인 조건이 1번인 경우는 제시한 신용카드가 국민카드, 삼성카드, 신한카드 중 하나인지 확인하고, 각 신용카드의 할인율을 적용해서 할인 금액을 계산한다. 국민카드인 경우는 20% 할인을 받을 수 있으므로, 총 할인 금액은 81,000*0.2=16,200원이다. 삼성카드와 신한카드는 모두 30%로 할인이기 때문에, 총 할인 금액은 81,000*0.3=24,300원이다.

㉯ 신용카드와 통신사 카드를 제시하는 경우

할인 조건이 2번인 경우는 제시한 신용키드가 국민카드, 삼성카드, 신한카드 중 하나인지 확인하고, 맞다면 신용카드 할인이 무조건 통신사 할인보다 높아서 2번 로직에 의해서 할인 금액을 구할 수 있다. 제시한 신용카드가 국민카드, 삼성카드, 신한카드가 아니라면 통신사 할인을 적용해야 한다. 통신사가 SKT이면 회원등급을 확인하고 회원등급이 VIP/Gold 등급이면 15% 할인, Silver 등급이면 5% 할인을 적용해서 할인 금액을 계산한다. 통신사가 KT이면 회원등급을 확인하고 VIP 등급이면 15% 할인, 일반 등급이면 5% 할인을 적용해서 할인 금액을 계산한다.

㉰ 신용카드와 할인 쿠폰을 제시하는 경우

할인 조건이 3번인 경우는 신용카드와 쿠폰은 중복 할인되지 않기 때문에 할인 조건 1번을 적용하면 된다. 여기서는 2번에서 할인 조건 1번을 계산했다.

㉱ 통신사 카드와 할인 쿠폰을 제시하는 경우

할인 조건이 4번인 경우는 통신사가 SKT인지 확인한다. SKT가 맞다면 총 주문금액이 50,000원이 넘는지 확인하고 50,000원이 넘으면 할인 쿠폰을 적용한다. 통신사가 SKT가 아니면 할인 쿠폰은 적용할 수 없고, 통신사 할인 금액만 계산하면 된다.

⑪ 신용카드, 통신사 카드, 할인 쿠폰을 모두 제시하는 경우

할인 조건이 5번인 경우는 고객이 모든 종류의 할인 카드와 쿠폰을 제시한 경우이다. 언뜻 보면 가장 복잡해 보이는 부분이지만 이미 여러분은 답을 구해 놓았다. 이 경우에는 바로 할인 조건 1번인 경우와 4번인 경우를 각각 계산해서 할인 금액이 가장 큰 쪽이 어디인지 확인하기만 하면 된다.

여기까지 잘 따라왔다면, 이제 고객이 어떠한 할인 조건을 내밀어도 할인 금액을 계산할 수 있는 프로그램이 이미 완성된 것이나 다름없다. 그럼 프로그램에 대한 세부 단계를 완성해보자.

문제 1   중고급 프로세스

❶ 주문한 음식의 총 금액을 계산한다.
총 금액은 주문한 음식 가격을 모두 더해서 구한다.

❷ 고객이 신용카드만 제시한 경우, 제시한 신용카드가 국민카드, 삼성카드, 신한카드 중 하나인지 확인한다.

❸ 각 신용카드의 할인율을 적용해서 할인 금액을 계산한다.
국민카드는 20%, 삼성카드와 신한카드는 30%로 할인을 적용해서 할인 금액을 계산한다.

❹ 고객이 신용카드와 통신사 카드를 둘 다 제시한 경우, 2번에 대응하는지 확인한다. 2번에 대응한다면 신용카드 할인이 통신사 할인보다 높으므로 3번 단계를 통해 할인 금액을 계산한다.

❺ 제시한 신용카드가 국민카드, 삼성카드, 신한카드가 아니라면 통신사 할인을 적용한다.
통신사가 SKT이고, 회원등급이 VIP/Gold면 15% 할인, Silver면 5% 할인을 적용해서 할인 금액을 계산한다.
통신사가 KT이고, 회원등급이 VIP면 15% 할인, 일반이면 5% 할인을 적용해서 할인 금액을 계산한다.

❻ 고객이 신용카드와 할인 쿠폰을 제시한 경우, 할인 쿠폰은 신용카드와 중복 할인되지 않는다는 것을 알려주고, 3번 단계의 할인 금액을 계산한다.

❼ 고객이 통신사 카드와 할인 쿠폰을 제시한 경우, 통신사가 SKT인지 확인한다.
통신사가 SKT이고, 총 주문금액이 50,000원 이상이면 할인 쿠폰을 적용한다.
통신사가 SKT가 아니라면 할인 쿠폰은 적용할 수 없고, 통신사 할인 금액만 계산한다.

❽ 고객이 신용카드, 통신사 카드, 할인 쿠폰을 모두 제시하는 경우, 3번 단계와 7번 단계를 계산해서 할인 금액이 큰 쪽을 할인 금액으로 계산한다.

❾ 주문한 음식의 총 금액에서 할인 금액을 뺀 다음 결제할 금액을 알려준다.

❿ 결제를 진행한다.

10단계를 통해 패밀리레스토랑에서 필요한 결제금액 계산 프로그램이 완성되었다. 그렇다면 우리가 상세화한 프로그램이 제대로 동작이 되는지 확인해보자.

문제를 다시 한번 확인하면 이렇다. "친구 A는 KT 통신 VIP이고, 친구 B는 SKT 통신 Silver 회원이고, 할인 쿠폰을 가지고 있다. 친구 C는 KB 국민카드를 소지하고 있다." 이는 할인 조건 ⓫에 해당하며, 고객이 신용카드, 통신사 카드, 할인 쿠폰 모두를 제시한 경우이다. 우리가 앞서 상세화한 중고급 프로세스의 10단계 중 ❽번에 해당한다.

❽ 고객이 신용카드, 통신사 카드, 할인 쿠폰을 모두 제시하는 경우, 3번 단계와 7번 단계를 계산해서 할인 금액이 큰 쪽을 할인 금액으로 계산한다.

각각의 조건을 대입해서 할인 금액을 계산해보자.

❶ 3번 단계를 적용하면 친구 C는 KB 국민카드를 소지하고 있어서 20% 할인을 받을 수 있고, 할인 금액은 81,000*0.2=16,200원이다.

❷ 7번 단계를 적용하면 친구 B는 SKT 통신 Silver 회원이고, 할인 쿠폰을 가지고 있다. 통신사 할인 5%와 15,000원 할인 쿠폰이 중복으로 적용되어 할인 금액은 81,000*0.05+15,000=19,050원이다.

1번과 2번을 비교해서 할인 금액이 더 큰 쪽은 19,050원이다. 따라서 최종 결제금액은 81,000-19,050=61,950원이 된다.

[문제2] 지하철 요금 문제

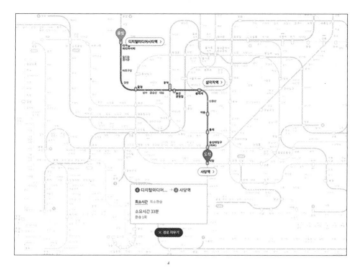

[그림 4-2] 지하철 요금

<문제 2>

　서울에 놀러 온 지인(15세)은 아빠(45세)와 함께 지하철을 탔다. 디지털미디어시티역에서 사당역까지 총 18.3km를 이동했고 아빠는 현금으로, 지인은 청소년 카드로 계산하였다. 지하철 요금을 계산하는 프로그램을 개발한다고 가정하고, 프로그램 내부에서 일어나는 각 단계를 작성해보자. 그리고 아빠와 지인의 지하철 요금은 얼마가 나올지 계산해보자.

- 일　반 : [기본운임] 10Km 이내: 1,250원
　　　　　[추가운임] 10~ 50Km, 이내: 5Km마다 100원 추가
　　　　　50Km 초과: 8Km마다 100원 추가
　　　　　현금 계산의 경우 100원 추가

- 청소년 : 일반 교통카드 운임에서 350원을 제하고 20% 할인
　　　　　(단, 청소년 카드 이용 시)

다음의 빈칸에 위의 문제에 대한 프로그램 단계를 최대한 확장하고 세분화하여 쪼개서 각 단계를 적어보자.

프로세스 작성하기

가장 쉽게 생각할 수 있는 프로그램 단계는 다음과 같다.

문제 2   **초급 프로세스**

① 지하철로 이동한 거리를 확인한다(총 18.3km).

② 실제 이동한 거리를 확인하여, 10km 이내, 10~50km 사이, 50km 초과로 분류한다.

③ 이동한 거리가 10km 이내이면 기본요금인 1,250원으로 계산한다. 이동한 거리가 10km를 넘고 50km 이내이면 기본요금에 추가 5km마다 100원을 추가해서 요금을 계산한다. 이동한 거리가 50km를 초과하면 기본요금에 추가 8km마다 100원을 추가해서 요금을 계산한다.

④ 결제 방식을 확인한다.

⑤ 결제 방식이 현금이면 100원을 추가한다.

⑥ 결제 방식이 청소년 카드이면, 계산된 운임에서 350원을 빼고, 20% 할인을 적용한다.

⑦ 결제를 진행한다.

우리는 여기서 3번, 5번, 6번 단계에 대해 좀 더 생각을 확장하고 세분화하고 쪼개면 다음과 같이 좀 더 구체적인 단계를 만들어 낼 수 있다.

③ 이동한 거리가 10km 이내이면 기본요금인 1,250원으로 계산한다. 이동한 거리가 10km를 넘고 50km 이내이면 기본요금에 추가 5km마다 100원을 추가해서 요금을 계산한다. 이동한 거리가 50km를 초과하면 기본요금에 추가 8km마다 100원을 추가해서 요금을 계산한다.

- 이동한 거리가 10km 미만이면 요금은 1,250원이다.

- 이동한 거리가 10km 초과, 50km 미만이면 총 이동한 거리에서 10km 를 뺀 나머지를 5km로 나누고, 정수로 올림 처리한다. 올림 처리한 정수에 100원을 곱하여 추가운임을 계산한다. 총 요금은 기본운임에 추가운임을 더해서 계산한다.

- 이동한 거리가 50km 초과하면 총 이동한 거리에서 10km를 빼고, 나머지를 8km로 나눈 값을 정수로 무조건 올림 처리한다. 올림 처리된 정수에 100원을 곱하여 추가운임을 계산한다. 총 요금은 기본운임에 추가운임을 더해서 계산한다.

❺ 결제 방식이 현금이면 100원을 추가한다.

- 결제 방식을 확인한다.

- 결제 방식이 현금이면 총 요금에 100원을 추가한다.

- 결제 방식이 일반 교통카드이면, 총 요금은 계산된 금액과 같다.

❻ 결제 방식이 청소년 카드이면 계산된 운임에서 350원을 빼고, 20% 할인을 적용한다.

- 결제 방식이 청소년 카드이면, 계산된 총 요금에서 350원을 뺀 후 20% 할인율을 적용해서 지불 금액을 계산한다((총 요금 - 350)*(1-0.2) = 지불 금액).

고급 프로세스

① 출발역이 어디인지 확인한다.

② 도착역 기준으로 이동한 거리를 계산한다.

③ 이동한 거리가 10km 이내이면 요금은 1,250원이다.

④ 이동한 거리가 10km를 넘고 50km 이내이면 요금은 총 이동한 거리에서 10km를 빼고, 나머지를 5km로 나눈 값을 정수로 무조건 올림 처리한다. 올림 처리된 정수에 100원을 곱하여 추가운임을 계산한다. 총 요금은 기본운임에 추가운임을 더해서 계산한다.

⑤ 이동한 거리가 50km 초과이면, 총 이동한 거리에서 10km를 빼고, 나머지를 8km로 나눈 값을 정수로 무조건 올림 처리한다. 올림 처리된 정수에 100원을 곱하여 추가 요금을 계산하고 기본요금을 더해서 총 요금을 계산한다.

⑥ 결제 방식을 확인한다.

⑦ 결제 방식이 현금이면 총 요금에 100원을 추가한다.

⑧ 결제 방식이 일반 교통카드이면, 총 요금은 계산된 금액과 같다.

⑨ 결제 방식이 청소년 카드이면, 계산된 총 요금에서 350원을 뺀 후 20% 할인율을 적용해서 지불 금액을 계산한다((총 요금 − 350)*(1−0.2) = 지불 금액).

⑩ 결제를 진행한다.

이 문제에서 총 이동 거리는 18.3km이므로 ④번 단계의 수식이 적용된다. 수식대로 계산하면 (18.3-10)/5=1.66으로 올림 하여 2이다. 그래서 추가운임은 2*100원=200원이다. 1인당 요금은 기본요금 1,250원+추가운임 200원=1,450원이다. 아빠는 현금 결제이기 때문에 ⑦번 단계의 수식을 적용하여 100원이 추가되어 최종 금액은 1,550원이다. 지인은 청소년 카드로 결제하므로 ⑨번 단계의 수식을 적용하여 최종 금액은 (1,450-350)*(1-0.2)=880원이다. 따라서 아빠 1,550원, 지인 880원이다.

4.3 [문제3] 쇼핑몰 결제 금액 계산

[그림 4-3] 쇼핑몰 결제 금액

<문제 3>

 제주도에 사는 은서는 쇼핑몰에서 물건을 구매하려고 한다. 5만원 이상이면 기본 배송료가 무료이다. 기본 배송료는 5,000원, 제주도 및 산간지역은 추가 배송료가 2,500원이다. 추가로 K카드로 결제하면 3% 할인된다. 은서의 구매 목록은 아래와 같으며, K카드로 결재를 하려고 한다.

 쇼핑몰 결제금액을 계산하는 프로그램을 개발한다는 생각으로 프로그램 내부에서 일어나는 각 단계를 작성해보자. 그리고 은서가 결재해야 할 총 금액은 얼마인지 계산해보자.

- 마우스패드 : 7,000원
- 마우스 : 12,000원
- 키보드 : 29,000원
- 마이크 : 15,000원

다음의 빈칸에 위의 문제에 대한 프로그램 단계를 최대한 확장하고 세분화하여 쪼개서 각 단계를 적어보자.

문제 3	프로세스 작성하기

쇼핑몰 결제금액을 계산하는 프로그램 개발을 위해, 프로그래밍 씽킹 기반으로 프로그램 내부에서 일어나는 단계를 다음과 같이 정리할 수 있다.

문제 3 **초급 프로세스**

❶ 구매한 제품 가격 총합을 구한다.

❷ 총 합이 5만 원 이상인지 확인한다.

❸ 구매한 제품 가격 총합이 5만 원 이상이면, 기본 배송료는 0원이다.

❹ 구매한 제품 가격 총합이 5만 원 미만이면, 기본 배송료는 5,000원이다.

❺ 구매자(은서)가 제주도 및 산간지역에 사는지 확인한다.

❻ 6번 단계를 만족한다면 배송료는 2,500원 추가된다.

❼ 총 결제 금액을 계산한다(제품 총 금액 + 기본 배송료 + 추가 배송료 = 결제 금액).

❽ 결제 카드가 K카드인지 확인한다.

❾ 8번 단계를 만족한다면 총 결제 금액에서 3%를 할인을 한 금액을 결제한다(결제금액 - (결제금액*0.03) = 최종 결제 금액).

결제 금액을 계산하는 프로그램 내부에서 일어나는 단계에 맞춰서 은서가 결제해야 할 금액을 계산하면 다음과 같다.

- 구매한 제품 가격 총 합을 구한다. → 63,000원

- 총 합이 5만 원 이상인지 확인한다. → 5만 원 이상

- 구매한 제품 가격 총합이 5만 원 이상이면, 기본 배송료가 0원이다.

→ 기본 배송료 0원

- 구매한 제품 가격 총합이 5만 원 미만이면, 기본 배송료가 5,000원이다.

- 구매자(은서)가 제주도 및 산간지역에 사는지 확인한다.

- 6번 단계를 만족한다면 배송료가 2,500원 추가된다.
  → 추가 배송료 2,500원

- 63,000원(제품 총 금액) + 0원(기본 배송료) + 2,500원(추가 배송료)
  = 65,000원(결제 금액)

- 결제 카드가 K카드인지 확인한다. → K카드 결제

- 8번 단계를 만족한다면 총 결제 금액에서 3%를 할인을 한 금액을 결제한다.
  → 최종 결제 금액은 6,5000원 - (65,000원*0.03) = 63,050원이다.

4.4 연습문제

지금까지 배운 프로그래밍 씽킹을 기반으로 다음의 연습문제를 풀어 보자. 각 연습문제의 정답은 없지만 필자가 생각한 답은 부록에 수록해 두었다. 문제를 푸는 방법은 단순한 사고의 단계를 확장하고 세분화하여 단계를 쪼개는 과정을 통해 프로그램에서 고려해야 할 모든 것을 프로세스적으로 완성하면 된다.

① 주차료 계산하기(난이도 ★★★)

    A 백화점은 아래와 같은 주차요금을 부여하고 있다. 장애인의 경우 주차요금의 30%로 할인받을 수 있다. 조건에 맞게 프로그램 내부에서 일어나는 각 단계를 작성해보자.

구매금액	무료이용시간	주차요금
1만 원 이상	1시간	10분당 1,000원
2만 원 이상	2시간	
3만 원 이상	3시간	

＊ 키워드 및 경우의 수를 적어보고, 프로세스를 작성해보자.

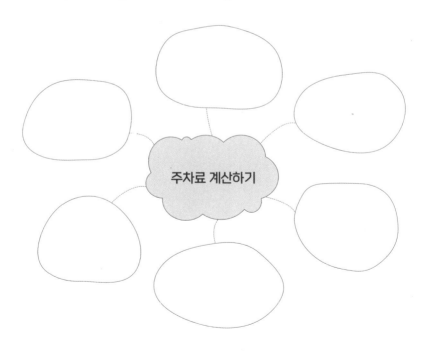

다음의 빈칸에 위의 문제에 대한 프로그램 단계를 최대한 확장하고 세분화하여 쪼개서 각 단계를 적어보자.

프로세스 작성하기

② 회원가입 문제(난이도 ★★)

　　포털 사이트에서 회원가입 페이지를 만들고자 한다. 회원가입 시 아이디, 패스워드 이름과 생년월일은 반드시 입력해야 한다. 아이디는 소문자, 숫자 조합만 가능하고 소문자로 시작해야 한다. 패스워드는 반드시 대문자와 숫자를 1개 이상 포함해야 한다. 생년월일은 8자리(년도 4자리, 월 2자리, 일 2자리) 숫자로 입력해야 한다. 입력하고 나면 "00님 회원가입해 주셔서 감사합니다"라는 문구가 나타난다. 조건에 맞게 프로그램 내부에서 일어나는 각 단계를 작성해보자.

＊ 키워드 및 경우의 수를 적어보고, 프로세스를 작성해보자.

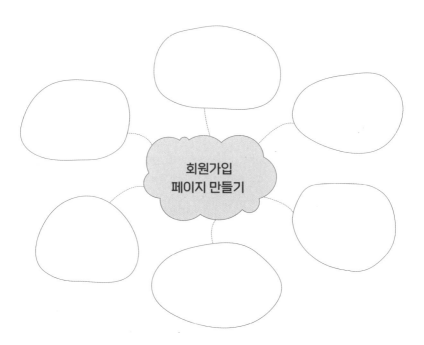

다음의 빈칸에 위의 문제에 대한 프로그램 단계를 최대한 확장하고 세분화하여 쪼개서 각 단계를 적어보자.

프로세스 작성하기

③ 구구단 게임(난이도 ★★)

초등학생을 위한 구구단 게임을 만들어보자. 무작위로 2단에서 9단 사이의 구구단 문제가 나오고, 문제는 30초 이내에 풀어야 한다. 답을 풀고, 정답이면 정답으로, 오답이면 오답으로 표기된다. 그리고 한 문제를 풀 때마다 10점씩 부과되고, 100점 이상이 되면 게임이 종료되며, 오답이면 5점씩 차감된다. 조건에 맞게 프로그램 내부에서 일어나는 각 단계를 작성해보자.

* 키워드 및 경우의 수를 적어보고, 프로세스를 작성해보자.

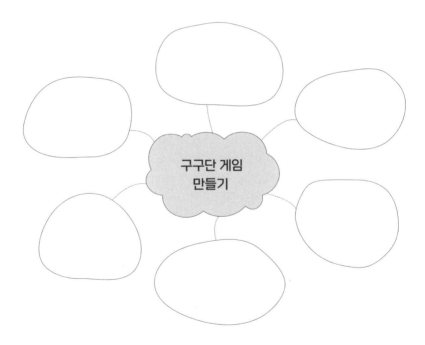

다음의 빈칸에 위의 문제에 대한 프로그램 단계를 최대한 확장하고 세 분화하여 쪼개서 각 단계를 적어보자.

프로세스 작성하기

비즈니스를 위한 데이터 분석의 중요성

최근 기업들은 사용할 수 있는 데이터가 많아지면서 기업의 경쟁력 제고를 위해 데이터를 어떻게 활용할 것인가에 대한 방법에 주목하고 있다. 생산, 기획, 마케팅, 공급망 관리, 고객 관계 관리 등 기업 활동의 모든 영역에 자료를 수집하고자 노력하고 있다. 수집된 데이터를 통해 유용한 정보와 지식을 추출하는 방법이 바로 데이터 분석 영역이다. 예를 들어 미디어 회사에서는 콘텐츠 추천, 서비스 기획 등에 데이터 분석을 활용한다. 금융 회사에서는 고객의 대출 상환 가능성을 예측하고 금융 사기를 탐지하는데 데이터 분석을 활용하고 있다. 유통 회사의 경우에는 유통만 관리에서 마케팅에 데이터 분석에 많은 투자를 하고 있다.

오늘날 데이터 주도의 비즈니스 환경에서 성공하려면 데이터 분석 능력은 필요하다. 데이터 분석 능력을 갖추기 위해서는 프로그래밍 씽킹 기반의 분석 원리를 알아야 한다. 프로그래밍 씽킹 기반의 데이터 분석 관점을 가지면 데이터를 구조적 원리를 이해할 수 있으며, 데이터에 관련한 문제를 체계적으로 분석하는 데 필요한 프로세스를 이해하게 된다. 먼저 프로그래밍 씽킹 기반의 데이터 분석 관점을 설명하기에 앞서 데이터 분석이 비즈니스 문제에 어떻게 적용할 수 있는지를 알아보자. 비즈니스에서 데이터 분석이 활용되는 영역은 크게 4가지로 구분할 수 있다.

❶ 현황 분석(ex.수익성이 가장 높은 고객은 누구인가?)

❷ 비교 분석(ex.신규 상품을 구매한 고객의 상품 교체 전후의 사용량 비교)

❸ 군집 분석(ex.수익을 많이 가져다주는 고객은 누구이며 특징은 무엇인가?)

❹ 예측 분석(ex.신규 상품의 판매량은 얼마로 예측되는가?)

첫째, 현황 분석의 경우에는 보유한 데이터를 잘 묘사(Description)하고 데이터 내의 패턴을 찾아내는 분석이다. 이를테면은 '수익성이 가장 높은 고객은 누구인가?'라는 질문에 답을 찾기 위해 현황 분석을 활용할 수 있다. 보유한 데이터에서 수익성에 대한 정의만 제대로 한다면 이 답은 찾기가 비교적 쉽다. 수익성이 매출을 의미하는 것인지 아니면 이윤이 많이 남는지 정의를 내려야 한다. 또한, 고객이 개별 고객을 의미하는 것인지 아니면 특정 그룹인지도 명확히 해야 한다. 질문을 잘 내리는 것이 데이터 분석에 있어 핵심능력 중 하나이다. 질문을 잘 못 내리면 데이터 수집이 잘 못 될 뿐만 아니라, 데이터 분석과 진단이 잘못될 가능성도 커진다.

둘째, 비교 분석의 경우에는 그룹 간의 비교를 통해 더 나은 결정을 위해 사용된다. 예시로 제시한 "신규 상품을 구매한 고객의 상품 교체 전후의 사용량 비교"처럼 같은 고객의 전후를 비교할 수도 있지만, 서로 다른 고객 간의 비교도 할 수 있다. A 상품을 구매한 고객과 B 상품을 구매한 고객의 사용량 차이, A 광고 소재를 본 고객과 B 광고 소재를 본 고객 간의 반응 차이와 같은 분석이 가능하다. 이러한 분석의 경우에는 비교 대상이 2개인지, 그 이상인지에 따라 그리고 같은 고객의 전후를 비교하는지 서로 다른 고객을 비교하는지에 따라 분석 방법이 전혀 달라진다. 이 분석 방법은 대상이 누구인지를 정확히 정의 내리는 데 있어 중요하다.

셋째, 군집 분석의 경우에는 고객을 잘 구분하고 구분된 그룹의 특징을 파악하는 활용된다. 데이터 분석이 활발하게 사용되지 않은 시기에는 고객을 그룹화할 때 인구통계학적 특성을 주로 사용했다. 성별과 나이를 조합해서 고객을 세분화(ex.20대 남성, 30,40대 여성 등)하고 그룹별 마케팅 전략을 수립했다. 그러나 최근에는 성연령에 따른 행동 패턴이 구분 짓기 어려워졌다. 여성적인 남성, 남성적인 여성만이 아니라 젊은 생각의 중년, 보수적인 청년같이 기존의 마케팅 전략으로 설명하기 어려운 세분화된 고객 그룹이 나왔다. 따라서 성연령에 따른 분석보다는 각 고객의 행동 자료를 수집해서 행동에 따라 군집화하는 노력이 요구된다. 예를 들어, 사용량과 구매량 등에 따라 고객을 군집화하는 방법이 있다. 제품 사용량은 매우 많지만 구매량은 적은 고객 그룹의 경우에는 쿠폰이나 판촉을 통해 구매를 유동하는 마케팅 전략을 세울 수 있다. 이 분석 방법은 군집화의 조건과 각 군집의 특징을 잘 찾아내는 데 있어 핵심 기술이다.

넷째, 예측 분석은 최근 알고리즘이 고도화되고, AI 기술들이 발전하면서 주목받고 있는 기술이다. 과거의 데이터를 기반으로 미래를 예측하는 기술로, 예측 정확도가 기존의 방식에 비해 수십 배 이상 좋아졌다. 이 분석 방식은 신규 상품을 개발하고 실제 판매량을 예측하는데 활용할 수 있다. 예측 분석과 관련해 자주 사용되는 문구가 있다.

비즈니스 데이터 분석은 앞서 설명한 것처럼 좋은 알고리즘을 개발하는 것보다 문제를 잘 정의 내리고 그에 맞는 분석 방법을 찾아내는데 중요하다. 또한, 산재한 자료를 수집, 정제, 가공, 분석하여 현업에 적용하고, 다시 평가한 후 정보를 재수집하여 다시 정제, 가공, 분석, 활용하는 반복적인 과정을 거친다. 이 프로세스는 결코 컴퓨터가 대체할 수 없다. 이 영역의 능력을 갖추면 남들과 차별화된 비즈니스적 무기가 생긴다.

프로그래밍 씽킹

5장

프로그래밍 씽킹
관점에서 기초 문법

프로그래밍 씽킹 관점에서 기초 문법

지금까지 프로그래밍 씽킹이 무엇이고 각 단계를 어떻게 구성해야 하는지 배웠다면, 이제부터는 실제로 코딩하는 법을 배워보자. 프로그래밍 씽킹 기반으로 프로세스를 작성하고 기초 문법을 이해한다면 어떤 프로그램 언어도 쉽게 배우게 될 것이다.

5.1 변수 선언

"마트에서 시원한 수박을 한 통 샀다. 수박을 썰어서 찻잔에 담았다." 이 문장은 어딘가 어색하지 않은가? 우리는 수박을 쟁반이나 접시에 담으려고 하지, 아무도 찻잔에 담으려고 하지는 않는다. 수박을 먹을 때 일반적인 크기로 자른다면, 그 수박 조각은 찻잔에 넣기 힘들다는 것을 경험적으로 이미 알고 있기 때문이다.

- 시원한 콜라를 밥그릇에 따라 먹지 않는다.
- 요구르트를 머그잔에 따라 먹지 않는다.
- 라면을 프라이팬에 끓이지 않는다.

우리가 무언가를 담을 때는 그것을 담기에 가장 적합한 용기를 사용한다. 프로그램에서 변수는 무언가(데이터 혹은 특정 기능)를 담는 그릇이다. 프로그램도 음식과 마찬가지로 그 무언가를 가장 적합한 용기에 담아야 제대로 사용할 수 있다.

프로그래밍에서 변수 선언은 앞으로 사용할 변수가 프로그램 내에서 어떤 타입(숫자형, 문자형, 배열형 등의 여러 가지 형태)으로 쓰일 것인지 예상하고 선언하는 것이다. 변수 선언이란 아직 구현하지 않은 프로그램을 상상하고 어떤 형태로 쓰는 것이 가장 합당할지를 미리 판단하는 행위이다. 이런 판단이 가능하도록 하려면 구현하고자 하는 프로그램에 대한 전체적인 이해도가 높아야 하고, 어떻게 사용할지에 대한 계획이 마련되어 있어야 하며, 그 쓰임새를 구체적으로 상상할 수 있는 상상력이 필요하다.

[그림 5-1] 그릇을 잘못 선택한 여우와 두루미

변수 선언은 단순하면서 아주 강력한 프로그래머의 의사 표현이다. 때로는 선언된 변수의 타입과 이름만 보더라도, 이 변수가 앞으로 어떤 역할을 담당할지 예상할 수 있다. 만약에 여러분이 이미 프로그래밍 언어를 알고 있거나 프로그래머라면, 그깟 '변수 선언'이 얼마나 대단하냐고 무시할 수도 있다. 하지만 변수 선언은 매우 중요하다. 변수를 어느 시점에 어떤 타입으로 선언해야 하고, 어느 정도 크기의 데이터가 담길지 고려해야만 프로그램 성능을 개선할 수 있다. 변수를 제대로 선언할 수 있는 능력을 갖춘다는 것은 어떤 일을 수행하기에 앞서, 수행할 업무 전반에 대해 이해할 수 있는 능력을 갖춘다는 것을 의미한다.

5.2 함수

비틀즈의 노래 중에 〈Let It Be〉라는 곡이 있다. 포털 사이트에서 가사를 검색해 보니 다음과 같은 두 가지 형태의 가사를 찾을 수 있었다.

가사 타입 1	가사 타입 2
When I find myself in times of trouble Mother Mary comes to me Speaking words of wisdom let it be And in my hour of darkness She is standing right in front of me Speaking words of wisdom let it be	When I find myself in times of trouble Mother Mary comes to me Speaking words of wisdom let it be And in my hour of darkness She is standing right in front of me Speaking words of wisdom let it be (코러스 A)

Let it be let it be
Let it be let it be
Whisper words of wisdom let it be

And when the broken-hearted people
Living in the world agree
There will be an answer let it be
For though they may be parted
There is still a chance that they will see
There will be an answer let it be

Let it be let it be
Let it be let it be
There will be an answer let it be

And when the broken-hearted people
Living in the world agree
There will be an answer let it be
For though they may be parted
There is still a chance that they will see
There will be an answer let it be

(코러스 B)

----- 코러스A -----
Let it be let it be
Let it be let it be
Whisper words of wisdom let it be

----- 코러스B -----
Let it be let it be
Let it be let it be
There will be an answer let it be

2개의 가사는 똑같은 결과를 보여주지만, 작성된 방식에서는 큰 차이가 있다. 가사 타입 1은 가사 전체가 순서대로 작성되어 있고, 가사 타입 2는 반복되는 가사 부분을 제일 하단에 코러스 A, B로 별도로 작성하고 전체 가사 내에 반복되는 가사 부분에 가사를 직접 쓰는 대신 코러스 A, 코러스 B라고 표기하였다. 이처럼 같은 가사를 표기할 때도 다양한 방식으로 표기할 수 있다. 특히 코러스처럼 반복되는 가사의 경우는 가사 타입 2와 같이 코러스를 별도로 표기해놓으면, 전체 가사를 좀 더 효율적으로 작성할 수 있다.

여러분이 작사를 한다고 가정해보자. 아직 전체 가사를 확정한 상태는 아니고, 계속된 창작과 보정 작업을 통해 가사를 다듬고 있다. 하지만 이미 작곡이 끝나 멜로디는 나와 있는 상태여서 어떤 부분이 코러스가 되는지, 어떤 부분이 반복되지 않는지 알고 있는 상태이다.

만약 당신이 가사 타입 1 방식으로 작사하고 있었고, 어떠한 이유로 인해서 반복되는 코러스 부분의 가사를 조금 바꾸고 싶은 상황이 발생했다면 당신은 모든 코러스에서 반복되는 가사 부분을 찾아서 하나하나 수정해야 한다. 하지만 가사 타입 2 방식으로 작사하고 있었다면, 제일 하단의 코러스 A, 코러스 B에서 원하는 부분만 찾아 수정하면 전체 가사에 반영될 것이다.

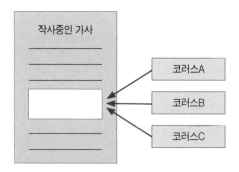

[그림 5-2] 가사를 작성하는 방법, 함수와 비슷하다

노래의 코러스(반복되는 가사)처럼 프로그래밍에서도 특정 작업을 여러 번 반복해야 하는 경우나 특별한 목적의 작업을 수행하도록 하려는 경우 코드를 독립적으로 구현하게 되는데, 이를 소프트웨어에서는 함수라고 부른다.

일반적으로 프로그래밍에서는 특정 작업을 여러 번 반복해야 하는 경우 해당 작업을 함수로 작성하여 재사용할 수 있도록 한다. 함수로 구현된 코드는 그 함수를 호출함으로써 반복된 기능을 쉽게 처리할 수 있는 것이다. 함수는 프로그래밍하다가 반복되는 기능이 발견되면 함수로 만들기도 하지만, 프로그래밍 구현하기 전에 설계 단계에서 함수를 미리 정의해 놓기도 한다.

우리가 주목해야 할 함수의 특징, 즉 우리가 프로그래밍 씽킹에서 배워야 할 함수의 특징은 전체 서비스를 구성하고 있는 수많은 기능을 미리 파악하고, 설계 단계에서 필요한 기능을 구분하여 모듈화하는 것이다. 함수는 결국 전체 서비스를 특정 목적(기능) 단위로 잘게 나누고 이를 모듈화하여 관리할 수 있도록 해준다.

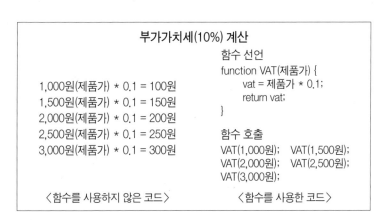

[그림 5-3] 함수 사용여부에 따른 코드 비교

함수를 잘 설계하기 위해서는 전체 서비스에 대한 충분한 이해가 필요하다. 어떤 기능을 어떤 모양으로 제공해야 하는지에 대해 명확히 알아야만 함수를 제대로 설계할 수 있다. 프로그래밍에서 실제 애플리케이

선을 구현하다 보면, 예상하던 것과는 달리 변경 사항이 자주 발생할 수 있다. 만약에 함수(기능 모듈)가 잘 설계되었다면 예상치 못한 변경 사항을 발견하였을 때 전체 애플리케이션에 영향을 미치지 않으므로, 모듈화되어 있는 특정 함수의 내용만 변경하면 전체 애플리케이션에 별다른 영향을 주지 않고 변경 사항을 쉽게 반영할 수가 있다.

반대로 함수 설계가 제대로 되어 있지 않다면, 예상치 못한 변경 사항을 발견했을 때 전체 애플리케이션의 프로그래밍 구조를 변경해야 하는 상황이 발생할 수도 있고, 최악의 경우는 애플리케이션을 재개발해야 하는 상황이 발생할 수 있다. 그리고 만약에 이러한 예상치 못한 변경 사항이 애플리케이션을 개발하는 중에 발생하는 것이 아니라 개발이 완료되고 사용자에게 서비스하는 중에 발생한다면, 함수(기능 모듈)가 어떻게 설계되어 구현되었는지가 더더욱 중요해지게 된다.

부가가치세가 10%에서 7%로 변경되는 일이 발생

1,000원(제품가) * 0.07 = 70원
1,500원(제품가) * 0.07 = 105원
2,000원(제품가) * 0.07 = 140원
2,500원(제품가) * 0.07 = 175원
3,000원(제품가) * 0.07 = 210원

함수 선언
```
function VAT(제품가) {
    vat = 제품가 * 0.07;
    return vat;
}
```

함수 호출
```
VAT(1,000원);    VAT(1,500원);
VAT(2,000원);    VAT(2,500원);
VAT(3,000원);
```

〈함수를 사용하지 않은 코드 - 5회 변경〉   〈함수를 사용한 코드 - 1회 변경〉

[그림 5-4] 로직 변경에 따른 함수 사용여부 코드 비교

급변하는 비즈니스 상황에서 경쟁사의 제품은 사용자가 요구하는 새

로운 기능을 빠르게 반영하여 제공하고 있는데, 우리가 개발한 서비스는 애플리케이션 구조상 새로운 기능을 반영할 수 없거나 이를 위해서는 큰 비용과 시간이 든다면 경쟁에서 밀리게 되는 상황이 발생할 수 있다.

같은 애플리케이션을 개발한다고 해도 이를 어떤 프로그래머가 개발 하는가에 따라 함수의 수와 구조가 매우 다르게 구현된다. 게다가 구현 하고 있는 애플리케이션의 규모가 크면 클수록, 서비스를 제공하는 시 간이 흐르면 흐를수록, 함수의 구조가 어떻게 구현되었는지가 애플리케 이션 운영에 큰 차이를 가져온다. 좋은 프로그래머는 당장 유저에게 제 공하지 않는 기능이더라도 향후 서비스가 확장될 때 추가할 수 있는 기 능들을 고려해서 함수를 설계한다.

그렇다면 함수를 잘 설계하기 위해서는 어떻게 해야 할까? 전체 서비 스를 정확히 이해하고, 반복되는 기능과 특정 목적을 갖는 기능을 추출 해야 한다. 그리고 각 기능(함수) 간의 상관관계를 명확히 파악하고 있어 야 한다. 만약 독자들이 프로그래밍 함수를 설계하는 작업에 익숙해지 거나 프로그래밍 함수를 설계하는 방법을 깨닫게 되면 내가 제공하는 서비스에 어떤 기능이 필요하고 가장 효율적으로 관리하기 위해 어떤 구조를 가져야 할지에 대한 빠른 판단 능력을 키울 수 있다.

또한, 각 기능을 함수로 구현할 때는 해당 기능을 구현하기 위한 가장 적합한 기술을 찾아야 한다. 이때 고려해야 할 중요한 사항 중 하나는 지속 가능성이다. 지금 가장 적합한 기술을 적용하는 것도 중요하지만, 서비스가 시작된 후에도 최소 몇 년간 사라지지 않을 기술이나 발전 가 능성이 큰 기술을 적용하는 것이 매우 중요하다.

오늘날 우리가 사용하는 전화와 같은 통신기기가 없던 시대에는 중요한 소식을 어떻게 전했을까? 중국, 일본 등 외적이 우리나라에 침입하였을 때는 어떻게 그 소식을 전달했을까? 이때 사용했던 중요한 통신 수단 중 하나가 여러분이 봉화라고 알고 있는 봉수이다. 봉수의 신호방식을 보면 평상시에는 1홰(炬, 연기 혹은 불)를 피우고 있다가, 만약에 적이 나타나면 2홰, 만약에 적이 경계에 접근하면 3홰, 만약에 적이 경계를 침범하면 4홰, 접전 중이면 5홰를 피워서 이 소식을 알린다. 이를 정리해 보면 다음과 같다.

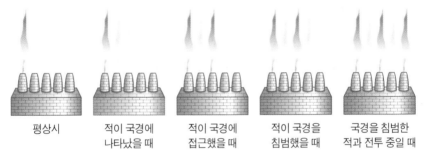

| 평상시 | 적이 국경에
나타났을 때 | 적이 국경에
접근했을 때 | 적이 국경을
침범했을 때 | 국경을 침범한
적과 전투 중일 때 |

[그림 5-5] 봉수대 신호방식

- 만일 봉수의 수가 1이면, 아무 일도 없는 평상시 상태임을 나타낸다.

- 만일 봉수의 수가 2이면, 적이 나타났다는 사실을 알려준다.

- 만일 봉수의 수가 3이면, 적이 경계 근처로 접근했다는 사실을 알려준다.

- 만일 봉수의 수가 4이면, 적이 경계를 넘고 침범했다는 사실을 알려준다.

- 만일 봉수의 수가 5이면, 적과 접전 중이라는 사실을 알려준다.

봉수의 수가 1일 때부터 5일 때까지 알려줘야 하는 사실, 즉 처리해야 하는 내용이 달라진다. 프로그래밍 언어에서는 이렇게 특정 조건에 따라(그 조건이 '참'인지 '거짓'인지에 따라) 수행해야 하는 내용이 달라지는 것을 조건문이라고 한다. 조건문은 프로그래밍 씽킹의 핵심이라고 할 수 있다.

우리는 이미 일상생활에서 셀 수 없이 많은 조건문을 사용하고 있다.

- 만일 내가 강의 시작 전까지 못 오면, 네가 대리 출석 좀 해줘.
- 만일 네가 책을 3권 읽으면, 게임 30분 할 수 있게 해줄게.
- 만일 내일 날씨가 좋으면, 놀이동산에 가자.

조건문은 일상생활에서 매우 많이 쓰인다. 조건문은 호기심이며, 다양성이다. 사물을 바라볼 때 좀 더 구체적이고 다양한 사고를 할 수 있게 한다. 이 조건문은 코딩 문법뿐만 아니라, 신규서비스를 고객에게 소개하고 설득하기 위해서도 활용될 수 있다. 고객에게 우리가 제공하는 서비스를 기능 측면에서 설명하는 것이 아니라 오히려 질문을 던지는 것이다. 이러한 방법을 What if 전략이라고 부른다.

what if...? (what if)
...면 어쩌지[...라면 어떻게 될까]?
What if the train is late? 🔊
기차가 연착하면 어쩌지?

[그림 5-6] what if의 사전적 정의

- 만일 당신에게 이런 것이 가능하다면, 어떻게 될 것 같나요?
- 만일 당신에게 이런 것이 가능하다면, 어떤 점이 개선될까요?

이러한 방식은 고객 스스로 판단할 수 있게 서비스의 가치를 What if 방식으로 전달하는 전략이다. 이를테면, 실시간으로 사람과 사물의 위치를 추적할 수 있는 서비스를 잠재고객에게 소개한다고 가정해보자. 이때, 이 서비스가 내부적으로 어떤 기술을 사용하고 어떤 원리로 사람과 사물의 위치를 추적하는지 일일이 설명하는 것은 그리 효과적이지 않다. 그보다는 다음과 같은 What if 물음 목록을 고객에게 던져 놓는 것이 효과적이다.

- 만일 물류창고에서 수천, 수만 개의 물품 중 당신이 찾고자 하는 물품이 어느 위치에 있는지 기록하지 않아도 바로 알 수 있다면 어떻게 될까요?
- 만일 당신의 VIP 고객이 호텔 내에서 현재 어디에 있는지 알 수 있다면 어떨까요?
- 만일 레스토랑에 들어오는 고객이 언제 다녀갔던 고객이고, 마지막 주문한 요리가 무엇인지 알 수 있다면 어떻게 될까요?
- 만일 당신의 매장으로 들어오는 고객이 VIP 고객인지 아닌지를 매장에 들어오는 순간 바로 알 수 있다면 어떻게 될까요?

What if 전략은 프로그램 개발에도 활용할 수 있다. 다양한 상황에 대해서 완벽하게 처리할 수 있는 프로그램을 구현하기 위해, 끊임없이 '만일 이럴 때는 어떻게 처리해야 하지? 만일 이러한 상황이라면 어떻게 처리해야 하지?'를 고민하고 같은 현상을 대한다면 끊임없이 사고를 확장하고 세분화하여 쪼개는 훈련을 할 수 있다.

이 과정을 통해 문제 해결을 위한 다양한 경우의 수를 본능적으로 생각해 낼 수 있다. 이런 사고력을 얻기 위해서는 내 입장이 아니라 서비스를 이용하는 다양한 사용자의 입장에서 사고해야 한다. 고객의 입장에서 사고함으로써 고객이 원하고 찾고자 하는 가치를 빠르게 이해할 수 있는 능력이 생길 수 있고, 이 능력을 What if의 다양한 물음으로 변환하여 만들어 낼 수 있는 것이다. 이 과정이 프로그래밍 씽킹의 근간이다.

조건문은 여러분이 일상에서 사물을 대할 때, 사람을 대할 때, 다양한 서비스를 대할 때, 그전에는 무심코 지나쳤던 일상 속에서 발생할 수 있는 수많은 What if를 자연스럽게 발견하고, 수많은 What if에 대한 대답을 스스로 찾아 나갈 수 있게 사고의 다양성을 길러 준다. 이것은 단지 개발자에게만 필요한 사고가 아니라, 여러분이 직장에서 진행하고 있는 비즈니스에 대해서 다각도로 분석하고 해석할 수 있는 사고를 키워줄 것이다.

초등학교 5학년인 은혁이네 반에서 학급 반장을 선출하기로 했다. 이번 반장 선거에는 3명이 출마했다. 은혁이네 반은 총 24명이다. 모든 학생이 투표를 마쳤고, 누가 반장이 되었는지 투표 결과를 확인하려 한다. 투표함에는 총 24장의 투표용지가 들어 있는데 이를 한 장씩 꺼내서 누가 득표했는지 확인하고, 칠판에 적힌 출마자 이름 옆에 득표수를 기록해 나갔다. 투표용지를 확인하고 득표수를 기록하는 같은 행위를 24회에 걸쳐 진행하였고 마지막 투표용지, 즉 24번째 투표용지의 결과를 확인함으로써 누가 이번 선거에 반장이 되었는지 알 수 있었다.

이렇게 같은 행위(연산)를 특정 횟수만큼 반복하는 것을 프로그래밍 언어에서는 반복문이라고 한다. 앞선 예시에서 특정 횟수는 24번이고, 같은 행위는 투표용지를 한 장씩 꺼내서 누가 득표했는지 확인하여 칠판의 출마자 이름 옆에 득표수를 기록하는 일이다.

프로그램 내에서 반복문은 어떤 문제(연산/현황)를 접했을 때 공통으로 적용되는 동일한 행위를 빠르게 찾고, 그 문제를 가장 효율적인 방법으로 해결하는 방법을 찾아내는 것이다. 우리는 현실에서 알게 모르게 수많은 반복문 형태의 상황을 경험하게 된다. 여기서 공통으로 적용되는 동일한 행위를 빠르게 발견하고, 이 부분을 개선할 수 있다면 효율적인 일 처리가 가능해지는 것이다. 여러분은 프로그래밍 씽킹을 통해 지금까지 간과했던 다양한 형태의 반복문을 발견할 수 있게 될 것이고, 이를 가장 효율적으로 해결할 수 있는 능력을 키우게 될 것이다.

'리니지'와 같은 롤플레잉 게임을 시작하면 제일 먼저 하는 것이 자신의 캐릭터를 선택하는 것이다. 사용자들은 다양한 직업 가운데 자신이 원하는 직업을 선택하고 캐릭터 이름을 정하면 게임이 시작된다. 직업들은 다양하지만, 일반적으로 전사 계열과 법사 계열로 나뉜다. 대표적인 전사 직업은 검사, 창기사, 성기사 등이 있고, 법사 계열에는 백마법사, 흑마법사 등이 있다. 모든 캐릭터들은 이름, 성별을 정하고 나면, 직업별로 각기 다른 능력 수준(능력치)이 표현된다.

게임에서 공통으로 사용되는 수치는 체력(HP), 마력(MP), 공격력(ATK), 방어력(DEF)이 있다. 그리고 캐릭터는 공통으로 할 수 있는 기술(스킬)이 있고, 직업별로 가능한 특수 스킬로 나뉜다. 공통으로 모든 직업군이 사용할 수 있는 스킬로는 일반 공격, 도구 사용 등이 있다. 특수스킬로는 검사들은 찌르기, 휘두르기와 같은 무기를 활용한 기술이 있고 법사들은 공격 마법, 회복 마법과 같은 마법 기술이 존재한다. 그리고 세부 직업에 따라 가능한 기술들이 나뉜다.

게임에서 사용되는 직업을 우리는 '클래스'라고 부른다. 실제로 게임 커뮤니티에서도 직업이라는 말 대신 클래스라는 말을 훨씬 자주 사용한다. RPG 게임을 한 번이라도 했고 위에 설명한 게임 캐릭터 선택에 대해 이해했다면 프로그래밍에 활용되는 클래스에 대한 개념을 쉽게 이해할 수 있다.

[그림 5-7] 리니지 2M - RPG 게임의 클래스

먼저 클래스는 게임에서 직업의 개념이다. 앞서 이야기했듯, 직업이라는 메인 클래스 밑에 전사 계열, 법사 계열이라는 하위 클래스가 존재한다. 그리고 전사 클래스 밑에 상세 직업인 검사, 창기사, 성기사라는 클래스로 나눠진다. 여기서 상위 클래스는 하위 클래스의 부모(parent)이며, 하위 클래스는 상위 클래스의 자식(child)이다. 클래스는 어떤 클래스의 부모이면서 다른 클래스의 자식인 경우도 있다.

클래스는 속성과 함수로 구성되어 있다. 다시 게임으로 돌아가서, 이름, 성별, 능력치 등이 클래스의 속성 개념이다. 함수의 개념은 게임 속 스킬이라고 생각하면 된다. 마지막으로 게임 속에서 캐릭터 생성된 개념이 프로그래밍의 객체라고 이해하면 쉽다.

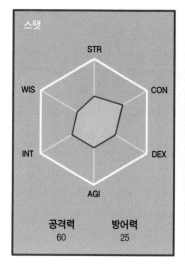
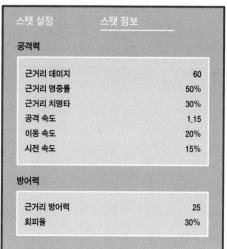

[그림 5-8] 캐릭터를 구성하는 요소들

예를 들어 '순도남'이라고 불리는 캐릭터를 만들었다고 하자. 그 캐릭터는 남자이고, 직업은 전사 계열의 검사를 선택했다. 그러면 순도남 캐릭터를 직업 클래스의 객체(object) 또는 인스턴스(instance)라고 부른다.

이 캐릭터는 처음에는 이름과 성별이 빈값으로 설정되어 있듯이, 코드에서도 '객체 초기화'를 진행한다. 그리고 직업에 따른 능력치를 할당받는 것처럼, 객체들은 클래스에 설정된 속성값을 받는다. 그리고 순도남 캐릭터는 모든 직업의 공통적인 기술인 일반 공격, 도구 사용만이 아니라 직업 특수 능력인 찌르기 기술을 사용할 수 있다. 코드에서도 해당클래스의 함수뿐만 아니라, 부모 클래스에서 선언된 함수를 자유롭게 사용할 수 있다.

그렇다면 왜 프로그램 코드에서 클래스와 객체를 사용할까?* 이 이유

---

* 객체 개념은 객체 지향 프로그램에서만 사용되지만, 이 내용은 책 수준을 벗어나기 때문에 자세한 설명은 생략한다.

역시 게임에 비유할 수 있다. 게임에서도 캐릭터를 만들 때마다 각 직업의 속성과 스킬들을 개별적으로 설정하면 매우 불편해진다. 물론 일부 게임에서는 상세한 캐릭터 맞춤제작이 가능할 때가 있지만, 사용자 입장에서는 일일이 설정하는 게 힘들고, 게임 시스템 측면에서도 부담이 된다. 이때 각 직업에 대한 정의를 상세하게 만들고 직업별로 캐릭터가 생성되는 구조가 되면 편리해진다. 프로그램에서도 객체를 손쉽게 만들고 특별한 함수가 필요할 때만 자녀 클래스를 추가하는 것이 훨씬 프로그램적으로 효율적이기 때문에 클래스를 사용한다.

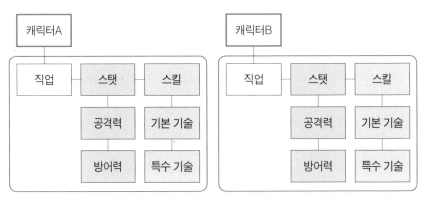

[그림 5-9] 게임 캐릭터의 클래스와 객체

클래스 개념은 비즈니스와 일상생활에도 널리 사용되고 있다. 자동차에도 클래스라는 개념이 사용된다. 벤츠도 차량 크기 및 기능을 중심으로 클래스를 체계화해서, 클래스의 알파벳만 봐도 어떤 차인지 쉽게 유추할 수 있다. A, B 클래스는 해치백 계열로, B 클래스가 A클래스보다 크기가 조금 더 크다. C, E, S클래스는 모두 세단이 기본 모델로, 쿠페, 스테이시 웨건, 카브리올레와 같은 파생 모델이 있다. 여기에 엔진 모델 숫자를 합쳐서 차량 모델명을 정한다. E200이면 벤츠 E클래스 2.0L 엔진 모델을 의미하고, E220이면 벤츠 E클래스 2.2L를 뜻한다. 자동차에 클래스라는 개념이 없다면, 모델 변경이나 신제품, 파생제품을 만드는 데 시간과 노력이 많이 필요할 것이다. 기본 제원은 같이 하고 엔진 모델만 다르게 만드는 식으로 자동차를 만든다면 자동차 개발의 효율성은 극대화된다. 클래스 개념은 단순히 개발뿐만 아니라, 비즈니스나 서비스 기획 시 향후 변형이나 확장을 고려한 설계를 할 때 활용될 수 있다.

디버깅 – 소프트웨어 개발자의 핵심능력

소프트웨어를 개발하다 보면 내가 구현하고 있는 코드의 문제든, 하드웨어 문제든, 다른 호환 프로그램 문제든 간에, 어떠한 이유에 의해 버그가 발생하게 된다. 이러한 버그를 잡는 작업을 디버깅(debugging)이라고 한다. 내 코드에 버그가 발생했는데, 며칠을 잡고 분석을 해도 해당 버그가 어디서 생겼는지 찾지 못해서 해결을 못 하고 있을 때 경험 많은 동료 개발자가 와서 보더니 몇 분도 되지 않아서 버그가 어디서 났는지 발견하는 것이다.

디버깅 능력은 수많은 경험에서 나온다. 모순적으로 버그를 많이 만들어 본 사람이 디버깅을 잘하고, 버그에 대한 해결책을 가장 많이 가지고 있다. 디버깅은 집요함과 끈기이다. 집요하게 문제가 무엇인지 하나하나 다시 점검하고, 프로세스의 시작에서 종료할 때까지의 모든 과정을 차례차례 확인하며, 각 코드의 입출력 값과 실행 결과를 다 확인해야 한다. 때로는 하나의 버그로 인해 전체 프로그램 코드의 완성도가 매우 높아질 때도 있다. 버그 하나를 해결하기 위한 디버깅 과정에서 확인된 코드의 다양한 문제를 완성도 높게 개선할 수 있기 때문이다.

스릴러 영화에서, 뛰어난 경찰관이 도망간 범죄자를 추적하면서 도망자가 남긴 흔적, 도망자의 주변 인물과 과거 행적 등을 분석해서 도망자가 어디로 갈지, 이후에 어떤 범죄로 저지르려고 할지, 다음 범죄 대상은 누가 될지 등을 알아내는 장면을 보게 된다. 이들은 도망자의 작은 습성 하나까지도 자세히 분석하는 치밀함을 보여준다. 이와 마찬가지로 개발자 역시 추적의 전문가이다.

개발자는 프로그램을 사용하는 사용자, 프로그램 코드가 동작하는 하드웨어와 시스템 환경, 내가 작성한 코드 외에 동료 개발자가 작성한 코드에 이르기까지, 문제가 발생하면 코드 한 줄, 변수 하나에 이르기까지 분석하여 문제의 원인을 추적에 나간다. 뛰어난 개발자는 수많은 경험을 토대로 터득한 노하우를 통해, 문제의 원인을 단숨에 찾아내기도 한다. 이는 프로그램 코드, 시스템, 사용자 등 다양한 요소의 연관 관계에 대한 충분한 이해를 하고 있어야 가능한 것이기도 하다. 그리고 내 동료가 작성한 코드, 좀 더 정확히 말하자면, 각 경력 때 개발자들이 실수하기 쉬운 부분, 발생시킬 수 있는 버그는 어떤 유형이 있을지 이미 경험을 토대로 알고 있는 경우가 많다. 그래서 동료 개발자의 버그가 발생하면, 해당 프로그래밍 코드 개발할 때 발생하게 되는 다양한 버그에 대한 경험을 토대로 빠르게 원인을 찾아낼 수 있다.

프로그래밍 씽킹

6장

4차 산업혁명 시대 프로그래밍 씽킹 활용법

4차 산업혁명 시대 프로그래밍 씽킹 활용법

4차 산업혁명 시대에 필요로 하는 기술을 익히는 것도 중요하지만, 우리의 사고를 4차 산업혁명 시대에 적합한 구조로 바꾸어야 한다. 사람과 사람, 사람과 사물, 사물과 사물이 유기적으로 연결되어 서로 영향을 주고받는 것을 '하이퍼 커넥티드(Hyper-connected)'라고 한다. 우리는 학교에서 공부하든, 직장에서 일하든, 회사의 사주로 업체를 운영하든 간에, 눈에 보이는 혹은 눈에 보이지 않는 수많은 사람, 사물, 기술, 상황 속에 있다.

이러한 상황 속에서 사람, 사물, 기술, 상황의 연관 관계를 정확히 파악해야 하고, 그것을 활용할 수 있어야 하며, 그것을 통해 해답을 찾아낼 수 있어야 한다. 그러기 위해서는 나를 둘러싸고 있는 환경과 해야 할 일을 자세히 관찰하고, 문제 해결을 위해 이를 끊임없이 확장하고 세분화하기를 반복함으로써 사고를 계속 발전시킴으로써 주어진 문제를 해결할 수 있어야 한다.

우리는 이용자별(CEO, 기획자, 데이터 분석가, 개발자, 부모)로 4차 산업혁명 시대 프로그래밍 씽킹을 활용하는 구체적인 방법을 제안하고자 한다.

CEO의 프로그래밍 씽킹 활용법

최근, 프로그래밍 씽킹을 적극적으로 활용하는 '개발자 출신 CEO'들이 두각을 나타내고 있다. 특히 ICT 분야에서는 1세대 창업가의 뒤를 이어 개발자 출신 CEO들이 주요 사업 전면에 나서고 있다. 모바일 메신저 서비스를 제공하는 왓츠앱은 개발자인 얀 쿰(Jan Koum)이 CEO로 나서면서 서비스 및 개발을 주도하고 있다. 왓츠앱은 얀 쿰이 CEO가 된 이후 2배 이상 성장해, 메신저 서비스로는 최초로 월간 이용자 수(MAU) 10억 건을 돌파했다. 마이크로소프트도 경제학을 전공한 스티브 발머를 대신해 2014년 개발자 출신 사티아 나델라(Satya Nadella)가 CEO가 되었다. 한국의 ICT 분야 회사에서도 개발자 출신이 주목받고 있다. 2019년 모바일 메신저 라인(LINE)의 새로운 수장으로 신중호 대표가 선출됐다. 신중호 대표는 지난 2005년 검색엔진 업체 '첫눈'을 창업, 2006년 네이버에 합류한 뒤 라인의 글로벌 성장을 이끄는 대표적인 개발자 출신 CEO다.

[그림 6-1] 마이크로소프트 사티아 나델라(Satya Nadella)

그렇다면 어째서 개발자 출신 CEO가 증가하는 것일까? 경영자는 다양한 결정을 내려야 하는 상황에 자연스럽게 노출된다. 특히 미래 산업의 핵심인 ICT 분야에서는 그 속도와 변화무쌍함으로 인해 중요한 결정들을 더욱 빠르고 정확하게 내려야 하는 상황에 놓이게 된다. 그 모든 결정에는 어느 정도의 시간과 노력, 금전의 투입이 요구된다. ICT 분야에서 기술을 모르는 경영자는 판단을 내릴 수 있는 분야가 한정될 수밖에 없고, 이 때문에 최근 국내외 IT 기업의 CEO 자리에 개발자 출신의 인사 내정이 늘고 있다.

대표자로서 비즈니스 결정을 할 때 활용할 수 있는 기술이 바로 프로그래밍 씽킹이다. 비즈니스에서 의사 결정을 할 때는 가능한 모든 대안에 대해 탐색하는 과정을 거친 후 그중 가장 효과적인 방식을 결정한다. 방식을 결정한 후에는 그 방안을 가능한 한 쪼개 보고 그 방안이 실행될 때 발생할 수 있는 이슈들을 확장해 생각해본다. 이렇게 문제를 쪼개고 확장하는 과정을 몇 차례 거친 후 최종적인 결정을 하는 것이다.

관찰 단계에서는 현재 문제의 근본적인 원인을 찾는 데 집중한다. 예를 들어 결제 페이지에서 사용자의 이탈률이 높아졌을 때 단순히 서비스 UI의 문제인지 아니면, 고객 경험 측면에서 구매 요인이 부족한 것인지를 파악해야 한다. 이때는 서비스 경험이 있는 고객들을 초청하여 그룹 인터뷰를 하는 것도 좋은 방법이다.

탐험 단계에서는 가능한 모든 해결 방안을 구성해본다. 이때는 각 해결 방안의 장단점뿐 아니라 비용, 시간 등을 탐험한다.

확장 단계에서는 탐험 단계에서 도출된 해결 방안 가운데 가장 해결 가능성이 크고 효율적인 것을 결정한다. 이 과정에서는 가능한 많은 인원이 참여하는 것이 좋다. 해당 문제의 담당자, 전문가, 각 해결 방안에 대해 반대자들이 모여서 최적의 답안을 찾는 것이 좋다.

세분화 단계에서는 최적의 답안을 수행하기 위해 업무를 세분한다. 업무를 가능한 한 잘게 쪼갠 후 세분된 업무를 단계별로 수행해나가는 것이다.

발전 단계에서는 결정에 의문을 가져본다. 생각지 못했던 위험요소나 윤리 이슈가 없는지 검토해 본다. 이 과정을 통해 제품이나 서비스를 시장에 효율적으로 제공하고, 기업을 발전적으로 운영하려는 방안을 도출할 수 있다. 이렇듯 CEO는 기업을 변화시키고 발전시켜 나가기 위해 프로그래밍 씽킹을 활용할 수 있다.

6.2 기획자의 프로그래밍 씽킹 활용법

기획자는 서비스나 제품을 기획하는 사람이다. 서비스의 콘셉트를 잡고, 최종적인 결과물이 나오는 전 과정에 참여한다. 기획자는 프로그래밍 씽킹을 통해 개발자와 소통에 도움을 받을 수 있다. 주변의 기획자들과 대화를 해보면, 개발자와 소통하는 것이 참 어렵다고 한다. 이는 개발자의 사고방식을 이해하지 못해서 발생한 일이다. 개발자는 논리적이고, 명확한 기획을 원한다. 이때 활용할 수 있는 것이 바로 프로그래밍 씽킹이다.

IT 산업에서 일하는 기획자가 알아야 할 것은 프로그래밍 언어가 아니라 개발자와 커뮤니케이션하는 방법이다. 프로그래밍 씽킹을 갖추지 못한 기획자는 가끔 개발자가 무슨 말을 하는지 이해를 못 할 수 있다.

기획자 : 이 화면에서 프로그램 종료 버튼 하나 개발해 주세요.

개발자 : 종료 프로세스가 어떻게 되는데요?

기획자는 단순히 종료 버튼 하나 추가해 달라고 하는데, 개발자는 프로세스(로직)에 관해 물어본다. 기획상에서는 간단해 보이는 종료 버튼은 사실 다양한 조건문과 명령문으로 구성된다.

- (조건1) 종료 버튼 클릭 시 → (명령문1) 파일 저장 여부 묻기
- (조건2) 저장 클릭 시 → (명령문2) 파일 저장하고 종료
- (조건3) 저장 안 함 클릭 시 → (명령문3) 파일 저장하지 않고 종료
- (조건4) 취소 클릭 시 → (명령문4) 작업 취소, 이전화면으로 돌아가기

프로그래밍 씽킹을 통해 각 기획 화면과 구성 요소마다 기획을 쪼개고 확장하다 보면 개발자와 협업하기가 쉬워진다. 또한, 프로그래밍 씽킹을 통해 기획자의 문서 능력과 협업 능력을 높일 수 있다. 기획자는 화면 스토리보드, 메뉴 구성도, 제안서 등 수많은 문서를 만들고 관리해야 한다. 프로그래밍 씽킹을 바탕으로 기획을 하면 문서의 전달력과 논리력이 증대된다. 누가 읽어도 똑같이 이해할 수 있고, 다양한 예외사항

에 대해 고려되어있기 때문이다. 또한, 프로그래밍 씽킹은 협동력과 커뮤니케이션 능력을 길러 준다. 기획자는 개발자뿐 아니라 디자이너, 고객, 외부 업체 등 다양한 사람들과 협업을 한다. 프로그래밍 씽킹의 관찰 단계와 탐험 단계에서 다른 사람들에게 자기 생각을 표현하고 상대방의 의견을 들어주는 과정을 자연스럽게 익힐 수 있다. 문제에 대한 관찰과 탐험은 문제와 관련된 모든 관계자의 입장을 고려해야 하기 때문이다. 이렇듯 기획자는 개발자와 원활하게 커뮤니케이션하거나 논리적이고 전달력이 뛰어난 문서를 작성해야 할 때 프로그래밍 씽킹을 활용할 수 있다.

6.3 데이터 분석가의 프로그래밍 씽킹 활용법

지난 몇 년이 산업 전반에 데이터 분석에 많은 투자가 이루어지면서 전사적으로 데이터를 수집하고 분석할 수 있는 데이터 분석가의 수요가 늘었다. 데이터 분석가는 데이터로부터 유용한 정보와 지식을 추출하는 사람이다. 특히, 데이터양 뿐 아니라 컴퓨터의 성능도 훨씬 강력해지고, 다양한 머신러닝 알고리즘이 개발되면서 데이터 분석가의 업무의 획기적인 전환이 왔다. 컴퓨터는 주어진 문제에 대한 답만 제공할 뿐, 이를 해석하고 적용하는 역할은 결국 분석가의 몫이다. 아무리 기계가 발전하고 기술이 발전해도 인간의 영감과 창조성을 대체할 수 없다. 이 영감과 창조성을 발휘해 데이터 분석을 할 때, 프로그래밍 씽킹이 활용될 수 있다.

프로그래밍 씽킹 기반의 데이터 분석 방법에 대해 다음의 예시로 설명하고자 한다. 네 명의 친구는 A 지역에 제과점을 오픈할 계획을 세우고 있다. 제과점을 오픈하기에 앞서 A 지역에 고객이 많이 있을까를 알아보고자 한다. 이를 위해 A 지역에 다른 제과점 유동인구를 분석하고 자네 명은 각자의 방법으로 데이터를 수집했다.

첫 번째, 은혁이는 금요일 오전 7시부터 밤 9시까지 제과점에 들어온 고객을 관찰하고 아래와 같이 정리했다.

남자	여자
350명	210명

두 번째, 은시도 금요일 오전 7시부터 밤 9시까지 제과점에 들어온 고객을 관찰하고 아래와 같이 정리했다.

연령	남자	여자
10대	59	45
20대	33	21
30대	64	39
40대	134	69
50대	43	23
60대	14	9
70대	3	4
합계	350명	210명

세 번째, 은솔이는 월요일부터 일요일 오전 7시부터 밤 9시까지 제과점에 들어온 고객을 관찰하고 아래와 같이 정리했다.

	월		화		수		목		금		토		일	
연령	남	여	남	여	남	여	남	여	남	여	남	여	남	여
10대	33	40	57	75	55	34	38	38	59	45	43	32	21	24
20대	25	15	24	35	42	40	22	19	33	21	65	58	72	56
30대	53	43	55	45	56	55	39	66	64	39	55	51	89	55
40대	111	71	105	55	98	58	100	88	134	67	40	42	47	68
50대	19	33	38	18	55	17	23	17	43	23	15	18	21	27
60대	9	11	11	3	8	10	8	5	14	10	7	5	10	3
70대	2	6	2	2	1	3	6	3	3	5	8	5	3	4
합계	252	219	292	233	315	217	236	236	350	210	233	211	263	237

네 번째, 하영이도 은솔이처럼 월요일부터 일요일 오전 7시부터 밤 9시까지 제과점에 들어온 고객을 행인을 관찰해서 다음과 같이 정리했다.

시간	연령	월		화		수		목		금		토		일	
		남	여	남	여	남	여	남	여	남	여	남	여	남	여
07:00 ~ 08:00	10대	6	9	12	15	12	6	6	6	12	9	9	6	3	3
	20대	3	3	3	6	9	9	3	3	6	3	15	12	15	12
	30대	4	3	4	3	4	4	3	5	4	3	4	3	6	4
	40대	8	5	8	4	7	4	7	6	10	5	3	3	3	5
07:00 ~ 08:00	50대	1	2	2	1	4	1	1	1	3	1	1	1	1	2
	60대	0	0	0	0	0	0	0	0	1	0	0	0	0	0
	70대	0	0	0	0	0	0	0	0	0	0	0	0	0	0
합계		22	22	29	29	36	24	20	21	36	21	32	25	28	26

··· 중략 ···

시간	연령	월		화		수		목		금		토		일	
		남	여	남	여	남	여	남	여	남	여	남	여	남	여
20:00 ~ 21:00	10대	3	4	6	8	6	3	4	4	6	5	4	3	2	2
	20대	2	1	2	3	4	4	2	2	3	2	7	6	8	6
	30대	5	4	6	5	6	6	4	7	7	4	6	5	9	6
	40대	12	7	11	6	10	6	11	9	14	7	4	4	5	7
	50대	2	3	4	2	6	1	2	1	4	2	1	2	2	3
	60대	1	1	1	0	0	1	0	0	1	1	0	0	1	0
	70대	0	0	0	0	0	0	0	0	0	0	0	0	0	0
합계		28	24	32	25	35	24	26	26	38	23	25	23	29	26

첫 번째, 은혁이가 A지역 행인을 관찰하고 수집한 데이터는 평일인 금요일 하루에 대한 데이터이고 남자, 여자 각각의 몇 명인지만 수집했다.

두 번째, 은서는 은혁이와 마찬가지로 평일인 금요일 하루에 대한 데이터를 수집하였지만, 행인을 성별과 나이대를 구분해서 수집했다.

세 번째, 은솔이는 월요일부터 일요일까지 모든 요일에 대해서 행인을 성별과 나이대를 구분해서 수집했다.

네 번째, 하영이는 모든 요일에 대해서 시간대별로 행인을 성별과 나이대로 구분해서 수집했다. 네 명이 수집한 데이터를 평가해보면 하영이의 수집 방식이 가장 좋다는 것은 누구나 동의할 수 있다. 단, 데이터 수집에 들어간 시간과 비용을 고려하지 않는다는 전제이다.

하영이의 데이터를 통해 다음과 같은 추론을 할 수 있다. 30~40대 자식이 있는 아빠는 퇴근길에 제과점에 들러서 빵을 사 간다. 그리고 요일로 따지면, 한 주를 마감하는 금요일 퇴근길이 가장 많이 제과점에 들른다. 반면, 10대 청소년과 20대 청년은 아침에 등굣길, 출근길에 빵을 사서 학교(직장)에서 간단하게 아침을 해결하기 위해 제과점에 들른다. 20대, 30대 혼자 사는 남성, 여성은 퇴근길에 저녁을 혼자 해 먹기 귀찮아서 빵을 사기 위해 제과점에 온다.

이런 방법으로 데이터 분석에 있어 프로그래밍 씽킹 5단계를 이용할 수 있다.

관찰 단계에서는 문제를 정확하게 설정하고 데이터 분석 방식을 관찰해야 한다. 앞서 제시된 예에서는 A 지역에 제과점을 내기 위해, 어떤 고객이 수익성이 좋겠냐는 문제를 정의하고 데이터 수집은 A 지역 다른 제과점에 들어오는 고객을 관찰했다.

탐험 단계에서는 데이터 수집 방식을 생각할 수 있는 범위내에서 최대한 데이터를 탐험해 봐야 한다. 수집할 수 있는 데이터가 무엇이 있고 어떤 방식으로 수집할지 고민해야 한다. 예시에서는 연령대에 대해 얼굴 생김새 등을 보고 추측하는 것으로 정했다.

확장 단계에서는 데이터 수집 방식을 다양하게 해보는 것이다. 제과점 예시에서처럼 연령대와 성별뿐만 아니라, 요일별로 데이터를 수집해 보는 것이다.

세분화 단계에서는 확장 단계의 수집 방식을 더 세분화해 분석해 보는 것이다. 앞선 예에서 요일 뿐 아니라 시간대까지 고려해 분석한 것이 그 예시이다.

발전 단계에서는 분석한 데이터를 가지고 향후 발전 계획을 고민해 보는 것이다. 예를 들어, 옷차림이나 타고 온 자동차 등을 보고 구매력이 높을 것으로 생각이 되는 고객을 별도로 기록하는 것을 고려할 수 있다. 그 외에 통계 사이트에서 제공하는 관련 지표를 찾아서 수집된 데이터와 결합 해 완성도 있는 데이터 분석을 할 수 있다.

데이터는 프로그램뿐만 아니라, 모든 비즈니스의 시작이고 전부라고 말할 수 있을 정도로 중요하다. 그래서 데이터를 분석할 때부터 데이터 설계와 분석 방법에 대한 체계적인 프로세스를 익혀야 한다.

6.4 개발자의 프로그래밍 씽킹 활용법

개발자들은 코딩하기 전에 전체적인 서비스 관점에서 생각할 수 있어야 한다. 그렇다면 우리에게는 어떤 습관과 훈련이 필요할까?

첫 번째, 지금 구현해야 하는 코드가 완성해야 할 전체 제품 관점에서 어느 부분에 해당하는지 반드시 한 번 더 확인해야 한다. 물론 당연히 알고 있는 상태라고 해도 반드시 전체 제품에서 어떤 부분인지를 도식화하거나, 글로 적어두어야 한다. 지금 구현해야 할 코드를 모자라지도, 과하지도 않게 정확히 작성해야 한다. 지금 구현해야 하는 기능이 무엇이고, 이 기능이 전체 제품 관점에서 어떤 역할을 하는 것인지 의도적으로 확인하는 절차/행위를 하는 것은 매우 도움이 된다. 내가 지금 짜고 있는 코드에 욕심을 내다가 전체 일정에 영향을 미쳐서는 안 된다. 지금 섣불리 추가한 코드가 사용자 관점에서 혹은 서비스 관점에서는 오히려 사용자에게 불편함을 줄 수도 있다. 게다가 프로그램 코드 관점에서는 불필요한 부하를 줄 수도 있다.

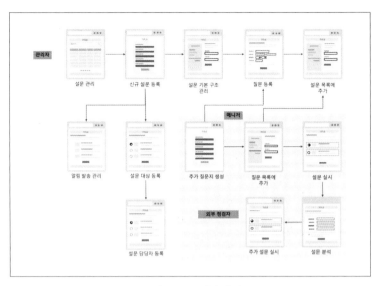

[그림 6-3] 도식화 예시

　두 번째, 가능한 많은 탐색 과정을 거쳐야 한다. 지금 구현해야 할 코드가 정말 단순한 기능을 갖는 코드일 수도 있지만, 개발 난이도가 높고 시스템 성능 및 부하를 고려해야 하는 코드일 수도 있다. 만약에 후자라면 코드를 짜기에 앞서서 비슷한 서비스를 구현할 때 어떤 문제들이 있었고, 어떤 소프트웨어 아키텍쳐를 적용했는지, 어떻게 문제를 해결할 수 있었는지에 대한 기술 문서나 관련 블로그가 있는지 한번 검색해볼 필요가 있다.

　검색한 블로그나 문서를 보면서, 제품이나 서비스를 개발하면서 예상치 못한 이러이러한 문제들이 있었고 이를 해결하기 위해서 어떤 방법을 사용하였다는 경험을 엿볼 수 있다. 아직 제품을 발매하지 않았고 실제 서비스를 할 때 발생할 다양한 상황에 대해 경험을 하지 못한 경우 이런 기술 블로그는 실제로 경험했던 내용을 기반으로 작성된 문서이기 때문에 경험이 많은 개발자라도 미처 생각지 못한 중요한 내용을 확인할 수 있게 되는 경우가 많다. 신제품을 개발하거나 새로운 서비스를 준비 중일 때 가장 먼저 하는 일 중 하나가 벤치마킹이다. 프로그래머가 프로그래밍 코드를 작성할 때 다양한 기술 블로그, 문서 등을 찾아보고 벤치마킹하는 것과 똑같은 작업이라고 할 수 있다.

자료 조사   서비스 작성

	A	B
1	컨셉츠	뉴욕예술재단
2	메뉴목록	지원프로그램 및 자금지원, 재단 서포트, 재단에 대하여, 분류(채용관련)
3		Programs & Resources, Support NYFA, About, Classified
4	재단에 대하여	재단정보, 자주묻는질문, 연락, 행사, 블로그
5	지원프로그램	재정후원, 전문성신장프로그램, 어워드 및 보조금, 온라인 리소스
6	기부하기/펀딩	재정후원과 연결 -> 바로 기부가능
7	재단 서포트	코로나대응기금, 서포터즈, 명예의 전당 수록, 작품 구매
8	분류	지원자를 위해(채용, 공간, 채용검색), 광고주를 위해(채용공고등록, 자주묻는질문)
9	매거진	
10	언론	
11	SNS	페이스북, 인스타그램, 트위터, 링크드인
12	검색기능	제공
13	모바일화면	제공

C
독일연방예술재단
재단에 대하여, 펀딩, 프로그램&프로젝트, 매거진, 언론
About Foundation, Funding, Programmes&Projects, Magazine, Press
현장, 펀딩가이드라인, 보드진, 위원회, 본사, 환경정책
진행중인 프로그램, 후원된 프로젝트
일반프로젝트펀딩, 프로그램기반펀딩, 자주묻는질문
정기발간물, 매거진 아카이브, 구독
연락
인스타그램, 페이스북, 트위터, 유튜브, 사운드클라우드
제공
제공

장단점 및
경쟁력
분석하여
서비스 작성

[그림 6-4] 벤치마킹 예시

그렇다면 프로그래머가 하는 벤치마킹은 비즈니스에서 행하는 벤치마킹과 어떤 점이 다를까? 비즈니스에서 벤치마킹은 보통 유사 서비스, 즉 경쟁사의 제품/서비스를 분석하는 것이다. 다만 분석하는 것이지, 적용하는 것은 아니다. 하지만 프로그래머는 벤치마킹한 기술을 바로 코드로 작성해서 적용해 보는 것까지 진행한다. 코딩을 통해 벤치마킹한 기술을 적용해서 실행해보고, 실제 그 결과를 보고 적용할지를 결정하는 것이다. 프로그래머는 벤치마킹한 기술을 적용하기에 앞서 이 기술이 현재 구현하려는 기능에 적합한지, 그리고 적용 이후 최소한 향후 몇 년간 사용할 수 있는 기술 트랜드에 해당하는지, 구현하는 제품/서비스가 향후 확장되더라도 사용할 수 있는 기술인지를 검토해 보게 된다. 프로그래머의 벤치마킹은 분석에서 그치는 것이 아니라 실제 적용까지 이어지므로, 비즈니스의 벤치마킹보다 더 많은 것을 고려하게 된다.

세 번째, 자신만의 코딩 노트가 필요하다. 구현해야 할 기능에 대해서 프로그래밍 코드로 작성하는 것이 아니라, 어떤 프로세스 순서대로 구현할지 한글로 먼저 작성해 보는 것이다. 처음에는 구체적일 필요가 없다. 아니, 절대 구체적으로 시작하면 안 된다. 일단 생각나는 것을 빠르게 작성해 보는 것이 중요하다. 이렇게 빠르게 작성하고 다시 보면, 단계마다 필요한 부분을 더 발견할 수 있게 된다. 이렇게 발견하고 나면 그 단계에 대해서 추가로 생각나는 것들을 더 쪼개서 적어보면 되는 것이다. 이렇게 하다 보면 '어떤 기술이 필요하겠구나. 어떤 기능은 반복적으로 사용되겠구나. 어떤 사람이 사용하겠구나.'라는 내용들이 하나하나 정리되기 시작한다.

코딩 노트는 거창할 필요가 없다. 언제든지 바로, 쉽게 쓸 수 있는 것을 이용하면 된다. 또는 항상 소지하고 있는 스마트폰의 메모장 같은 앱을 쓰는 것도 좋은 방법이다. 중요한 건 형식이 아니라 실제 그 행위를 하는 것이다. 이 습관이 지속하면, 어느 순간에는 하고자 하는 대부분이 자동으로 머릿속에 그려지기 시작한다. 머릿속에 내 제품의 전체 아키텍처가 쫙 그려져 있고, 나는 지금 뭘 하고 있고, 다음에는 뭘 해야 하며, 나와 같이 협업하는 개발자, 기획자, 디자이너는 지금 무슨 일을 하고 있고, 그들과 어떻게 협업을 해야 하는지, 그들이 일을 더 효율적으로 하기 위해서는 내가 지금 뭘 해야 하고, 어떤 형식으로 결과물을 전달해

쥐야 할지 그려지기 시작한다. 코드를 작성하기 전에 일단 한글로 작성하면, 바로 코드 작성할 때 보다 더 깊이 생각하고, 그 생각을 통해 나온 결과를 최대한 자세하게 작성하게 된다. 만약 프로그램 코드를 바로 작성하라고 했다면, 개발자가 아는 코드 문법 범위내에서만 작성하고 모르는 코드에 해당하는 부분에 대해서는 아예 작성할 시도조차 하지 않는다. 그래서 개발자는 프로그래밍 씽킹 기반 코딩 노트가 필요하다.

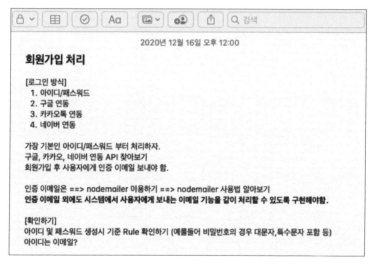

[그림 6-5] 코딩 노트 예시

프로그래밍 언어를 공부해서 아무리 많은 코딩 문법과 기술을 익힌다고 해도 프로그래머로서의 사고 훈련이 되어 있지 않으면, 결코 좋은 프로그램을 짤 수 없다. 코딩은 당연히 코드로 해야 한다. 하지만 최선의 코드는 코드를 짜는 행위를 통해서만 나오는 것이 아니라, 생각을 통해 완성된다.

부모의 프로그래밍 씽킹 활용법

앞서 아이를 위한 코딩교육방법을 소개했다. 이번 장에서는 부모가 아이에게 프로그래밍 씽킹을 자연스럽게 알려주는 방법을 자세하게 설명하고자 한다. 부모는 아이에게 관찰단계는 무엇이고, 탐험단계는 무엇이고, 확장단계는 무엇이라고 세세하게 설명할 필요는 없다. 앞서 소개한 "좋을 텐데~" 게임처럼, 아이디어를 쪼개고 발전시키는 과정을 거치면서, 아이들의 관찰력을 발달시켜야 한다.

여기서 관찰력이 발달하였다는 무슨 의미일까? 보고, 듣고, 느끼는 환경을 똑같이 주더라도 미처 발견하지 못한 새로운 것을 찾아내는 능력이 바로 관찰력이다. 세상에 존재하는 모든 제품과 서비스는 관찰로부터 나온 것이다. 새로운 사고, 남들과 다른 상상력은 관찰로부터 나오는 것이다. 즉, 뛰어난 개발자는 관찰을 잘하는 사람이다.

프로그래밍 씽킹 5단계(관찰 - 탐험 - 확장 - 세분화 - 발전)는 단계를 5단계로 구분하였지만 넓은 의미에서는 모두 관찰에 속한다. 프로그래밍 씽킹은 눈에 보이는 단면뿐만 아니라 눈에 보이지 않는 그 이면에 숨어있는 다양한 요소(사람과 사람, 사람과 사물, 사물과 사물) 간의 관계를 체계적으로 관찰/분석하여 그 대상을 명확히 인지하는 사고를 키우는 것이다. 앞장에서 소개한 돌아가는 벤치 이야기를 통해 프로그래밍 씽킹 5단계에 대해 생각해보자.

1. 관찰 단계

부모는 아이가 관찰한 대상을 있는 그대로 수용하지 않고 문제의식을 느끼도록 자극을 해줘야 한다. 비가 와서 벤치가 젖어 있다. 누군가는 비가 와서 젖어 있는 벤치에 그냥 앉는다. 또는 비가 와서 젖어 있는 벤치를 보고, 그 벤치에 앉지 않고 그냥 지나칠 것이다. 아이들에게 익혀야 할 프로그래밍 씽킹 관찰 단계는 "그냥 받아들이지 않는 것이다." 그동안 당연하게 생각해왔던 것에 다른 면을 보도록 지도해야 한다. 그것이 관찰의 시작이다. 즉, '비가 온 이후에도 젖지 않은 벤치에 앉고 싶다'라는 생각을 아이가 갖게 해야 한다.

2. 탐험 단계

불교 《열반경》에 '맹인모상(盲人摸象: 장님 코끼리 만지기)'이란 우화가 있다. 보지 못하는 시각장애인들이 코끼리를 만져보고, 코를 만진 시각장애인은 "코끼리는 길다"라고 하고, 다리를 만진 사람은 "기둥 같다"라고 하고, 꼬리를 만진 사람은 "밧줄 같다"라고 하고, 등을 만진 사람은 "침대 같다"라고 하면서 서로 자기주장이 옳다고 끝까지 우기며 다투었다는 이야기이다. 각자 자기가 만진 것이 진실이라고 주장하며 논쟁을 벌이는 우화를 통해 자기가 본 것이 전부라고 주장하는 우매함을 꾸짖는 교훈이다.

길가에 피어 있는 개나리꽃을 보고, 어떤 아이는 "노란색 정말 예쁘다"라고 말할 것이고, 어떤 아이는 "꽃향기 정말 좋다"라고 말하고, 어떤 아이는 "줄기 끝이 밑으로 처져 있네?"라고 말한다. 즉, 사람들은 사물을 바라볼 때 단면만 보고 판단을 할 때가 많다. 탐험 단계는 아이가 다양한 시각으로 사물을 바라보고 탐색할 수 있도록 지도하는 것이다. 아이가 관찰을 시작했다면, 다양한 시각에서 탐색하는 방법을 알려줘야 한다.

[그림 6-6] 맹인모상

다시 돌아가는 벤치 이야기로 돌아와서, 필자는 아이들이 다양한 탐험을 할 수 있도록 벤치의 앞, 뒤뿐 아니라 아래도 보도록 알려주었다.

필자 : 벤치 아래는 어떻게 생겼지? 한번 볼까?

아이와 함께 허리를 구부려 벤치의 아랫면을 관찰해보니, 벤치 위는 비 때문에 젖어 있었지만 아랫면은 젖어 있지 않았다. 젖어 있지 않은 아랫면을 윗면과 바꿀 수 있다면, 젖지 않은 벤치에 앉을 수 있다. 그럼 어떻게 바꿀 수 있을까? 필자는 아이에게 손잡이를 돌려서 젖지 않은 아랫면이 윗면으로 올라올 수 있다는 아이디어를 주었다.

3. 확장 단계

> - 벤치에는 어떤 사람들이 앉을까?
> - 사람들은 벤치에 앉아서 무엇을 할까?
> - 사람들이 필요한 건 무엇일까?

다음 세 가지 상황을 생각해보자.

아이가 아이스크림을 하나 들고 벤치에 앉았다. 아이스크림 봉지를 열고, 봉지를 벤치 옆에 놓아둔다. 아이스크림을 먹다가 벤치에 조금 흘렸다. 다 먹고 나서 아이는 화장지가 없어서 손에 묻은 아이스크림은 벤치에 슬쩍 닦았다.

유모차에 아이를 태우고 나온 엄마는 벤치에 앉아서 잠시 쉬려고 한다. 유모차의 아이를 볼 수 있도록 유모차를 엄마가 앉은 앞쪽에 놓으려고 했는데, 공간이 충분치 않아서 엄마는 벤치 가장자리에 앉고 유모차를 벤치 가장자리에 엄마가 볼 수 있게 놓았다.

지팡이를 짚고 걸어온 할아버지가 벤치에 앉았다. 등을 기댈 곳이 없어서 할아버지는 몸을 꼿꼿이 펴고 잠시 앉아 있다가 이내 몸을 앞쪽으로 구부린다. 잠시 후 앉아 있는 게 불편해 벤치에서 일어났다.

각 장면을 상상해보면 누구나 공감을 할 수 있는 상황이다. 공감하지만 쉽게 떠오르지 않는 상황이다. 나에게 불편한 상황은 쉽게 떠올리지만, 다른 누군가에게는 불편한 것들에 대해서는 쉽게 떠올리기 쉽지 않다. 그래서 사물의 다양한 면을 봐야 하고, 나 이외에 다양한 사람들을 생각할 해야 한다. 프로그래밍 씽킹은 누구도 보지 않는 벤치의 아랫면을 보고 나 말고도 벤치에 누가 앉는지, 그 사람들이 벤치에서 무엇을 하는지, 어떤 걸 불편해하는지 관찰할 줄 아는 능력이다. 아이에게도 아이 자신 말고 다른 사람 입장에서 생각할 수 있도록 지도해줘야 한다.

4. 세분화 단계

관찰을 통해 발견한 다양한 상황에 대해서 좀 더 세분화하고, 어떤 것이 생기면 좋을지 생각해보자.

- 아이들이 아이스크림을 하나씩 들고 벤치에 앉았다. 아이스크림 봉지를 열고, 봉지는 벤치 옆에 일단 아무 곳이나 놓아둔다.
  ⇒ 아이스크림 봉지를 버릴 수 있는 작은 휴지통이 있으면 좋겠다.
- 아이스크림을 먹다가 벤치에 조금 흘리기도 한다. 화장지가 없어서 손에 묻은 아이스크림은 벤치에 슬쩍 닦는다.
  ⇒ 손을 씻을 수 있으면 좋겠다.

- 유모차에 아이를 태우고 나온 엄마는 벤치에 앉아서 잠시 쉬려고 한다. 유모차의 아이를 볼 수 있도록 유모차를 엄마가 앉은 앞쪽에 놓으려고 했는데, 공간이 충분치 않다.
  ⇒ 앞쪽 공간이 좀 더 넓으면 좋겠다.
- 엄마는 벤치 가장자리에 앉고 유모차를 벤치 가장자리에 엄마가 볼 수 있게 놓는다.
  ⇒ 벤치 간격이 좀 더 넓었으면 좋겠다.

- 지팡이를 짚고 걸어온 할아버지가 벤치에 앉았다. 등을 기댈 곳이 없어서 할아버지는 몸을 꼿꼿이 펴고 잠시 앉아 있다가 이내 몸을 앞쪽으로 구부린다. 잠시 후 앉아 있는 게 불편해 벤치에서 일어났다.

⇒ 등받이가 있는 벤치가 있으면 좋겠다.

5. 발전 단계

앞서 아이들과 함께 다양한 상황을 관찰하고, 각 상황에서 겪게 되는 불편함을 해결하기 위한 아이디어를 생각해보았다. 그렇다면 그 아이디어 모두 유용한 것일까? 정말 모두 필요한 것일까? 만일 벤치 옆에 수도꼭지가 있어서 아이들이 언제든지 수도꼭지를 틀고 물에 손을 씻을 수 있다면, 과연 좋기만 할까? 필요 없는 물을 너무 낭비하는 상황들이 생기진 않을까?

부모는 이 부분을 알려주면서 아이들이 한 번 더 깊은 사고를 할 수 있는 환경을 만들어줘야 한다. 당장 눈에 보이는 불편함을 해결하기 위해 내놓은 해결책이 또 다른 문제를 발생시키지는 않는지 한 번 더 깊게 사고를 하도록 말이다. 돌아가는 벤치 이야기에서는 아이가 물이 낭비될 수도 있어서, 배수로를 만들어 물을 흐를 수 있게 하고 그곳에 나무나 꽃 같은 식물에 물을 주자는 아이디어를 냈다. 아이들의 아이디어를 좋다 또는 나쁘다고 평가하지 말고 깊은 사고를 하도록 부모는 계속 지도해야 한다.

프로그래밍 씽킹 기반 데이터 분석 방법은?

데이터 분석을 직접 할 일이 없더라도 데이터 분석 프로세스를 이해하는 일은 매우 중요하다. 데이터 분석적 사고방식에 익숙해지면 모든 현상과 문제를 데이터로부터 찾는 데 도움이 된다. 프로그램 개발에도 자료수집과 분석을 고려하느냐 하지 않느냐에 따라 서비스 수준이 결정된다. 예를 들어 모바일 서비스의 회원가입 페이지를 만들더라도 사용자들이 쉽고 편리하면서 핵심적인 이용자 정보를 수집할 방법을 세워야 한다. 역기서 핵심이라 서비스 목표와 마케팅 전략과 연결이 된다.

데이터 분석 프로세스에서 일반적으로 많이 사용되는 방법이 CRISP-DM(Cross-Industry Standard Process for Data Mining)이다. 데이터 분석 활용 범위가 기존보다 확장되면서 다양하고 많은 정보를 가공하고 분석해서 각 조직에 맞게 가공해 의사 결정에 활용은 이 방법이 사용된다. CRISP-DM은 데이터 분석에 있어 다음의 프로세스를 제안한다.

❶ 업무 이해 → ❷ 데이터 이해 → ❸ 데이터 준비 → ❹ 모형 구축 → ❺ 평가 → ❻ 적용을 순환적으로 진행하면서 데이터 기반 비즈니스의 문제 해결 프로세스이다. 각 단계는 프로그래밍 씽킹과 매우 밀접하게 연결되어 있다.

1. 업무 이해

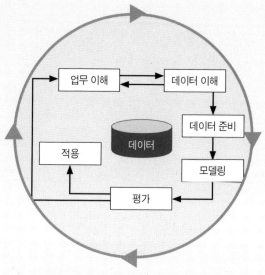

[그림 6-7] 데이터 분석 프로세스(CRISP-DM)

첫 번째 단계인 '업무 이해'에서는 해결할 문제를 정확히 이해하는 것이 중요하다. 데이터 분석은 문제를 파악해나가는 과정을 반복하면서, 문제를 재정의하고 해결책을 정의한다. 문제 정의가 잘 못 되면 해결책 역시 잘 못 나오게 된다. 예를 들어 A 회사에서 서비스의 수익성을 재고한다는 문제를 정의했다고 하자. 여기서 수익성이란 영업 담당자에게는 매출이라고 생각할 수 있고, 마케팅 담당자는 원가 대비 차액을 생각할 수 있다. 문제 정의가 잘 이뤄지기 위해서는 데이터 분석을 요청한 사람이나 조직뿐 아니라 이해 관계자 모두 모아서 함께 문제 정의와 용어를 정의를 내리는데 필요하다. 이를 위해 데이터 분석하기 전에 업무를 가능한 한 자세하게 관찰할 필요가 있다.

2. 데이터 이해

데이터 이해 단계에서는 데이터를 수집하고, 데이터 특징을 이해하기 위한 단계이다. 이 단계에서는 데이터 전반에 관해 기술해 보면서 패턴을 찾아보고 인사이트를 발견해 간다. 문제를 해결하기 위해 어떤 가설을 세우면 좋을지 전반적인 고민하게 된다. 데이터를 더 많이 이해하면 할수록 일련의 해결책도 바뀌게 된다. 그래서 데이터를 다양한 측면에서 분석하는 것이 중요하다. 기본적으로 데이터 크기나 타입, 몇 개의 관측치가 있고 몇 개의 칼럼으로 구성되어있는지 파악해야 한다. 두 번째로는 평균, 중앙값, 최빈값, 최댓값, 최솟값처럼 통계적으로 데이터의 대표적인 특징을 묘사할 수 있는 통계치를 찾아봐야 한다. 세 번째로는 데이터의 추출 시기나 측정 시기를 파악하고 각 칼럼의 정의를 내리는데 중요하다. 이 단계는 프로그래밍 씽킹의 탐험단계로 가능한지 생각할 수 있는 질문(가설)을 많이 정하면서 정확한 분석 목적을 찾아가는 과정을 거치게 된다.

3. 데이터 준비

세 번째 단계인 데이터 준비에서는 2단계에서 수립된 질문을 토대로 분석 방법을 정하고 이에 적합한 데이터를 선택한다. 예를 들어 A 회사에서 서비스의 만족도를 높이는 방법을 찾는 것을 데이터 분석 목적으로 정했다고 하자. 그리고 데이터 이해 단계에서 사용자들과 담당자와 인터뷰 해보니 서비스 회원에게 발송되는 문자 알림이 잦아서 만족도가 떨어진다는 사실을 발견했다. 그렇다면 실제로 문자 알림을 자주 보내는데 만족도에 영향을 미치는지 분석이 필요하다. 이 경우 실험이 필요한데 회원 중 일부를 2개 그룹으로 나눠서 한 그룹에는 문자를 매일 보내고 한 그룹에는 문자를 7일에 한 번 보낸 후 한 달 후 서비스 만족도를 조사해 보는 것이다. 여기서 필요한 데이터는 그룹별 만족도 조사 결과로 설문 조사를 통해 추출할 수 있다. 설문 조사가 어려운 경우에는 그룹별 서비스 이용 빈도 등으로 대체할 수도 있다. 이 단계는 프로그래밍 씽킹 확장 단계에 속하며 문제를 확장해 나가며 분석에 필요한 데이터를 선택하고 정제하는 과정을 거친다.

4. 모델링

네 번째 단계인 모델링에서는 다양한 분석 기법을 선택하고 그 결과를 해석하는 단계이다. 이 단계에서 핵심은 분석 기법을 한번 적용으로 끝나는 게 아니라 정의된 문제를 찾을 때까지 반복적으로 다양한 분석 기법을 적용해 나간다는 점이다. 각 분석 기법의 성능을 평가하고 최적의 결과를 찾아 나간다. 이 과정에서 데이터를 나눠 나가며 분석하는 것을 추천한다. 예를 들어 문자 알림에 따른 고객 만족도 조사를 한다면 처음에는 전체 고객을 대상으로 테스트해야겠지만, 대상을 계속 세분화하고 나눠 보면 좋다. 성 연령 기준으로, 남녀 그리고 10대부터 50대 이상까지 나누고 이 결과가 그룹 별로 다르지 않은지 분석한다. 최근에는 성 연령보다는 행동 패턴 등으로 세분화하기도 한다. 이를 통해 기존에는 보지 못했던 인사이트를 찾아낼 수 있다. 이 단계는 프로그래밍 씽킹 세분화 단계에 속하며 데이터 분석을 계속 세분화하며 정의된 문제를 찾아 나가는 과정이라 할 수 있다.

5. 평가와 적용

마지막 단계인 평가와 적용 단계는 모델링 단계에서 나온 결과가 정의된 문제를 해결하는 데 도움을 주었는지 파악하는 단계이다. 이 단계에서는 분석결과 등을 평가하고 실제로 서비스나 전략에 적용하기 위한 계획을 수립한다. 분석은 한 번의 절차로 끝나지 않고 반복적으로 진행된다. 잘못된 의사 결정이 일어나지 않기 위해 모델을 평가를 잘하는 것이 중요하다. 이 과정에서는 분석가 혼자 평가하기보다는 관련자 모두 참여해서 모델링 결과에 대해 들어보고 평가를 상호 보완하면서 해보는 것이 좋다. 서로 신중하게 평가하다 보면 데이터 분석의 오류를 찾아낼 수도 있다. 모두가 동의한 평가 결과를 가지고 최종적으로 실제 서비스나 전략에 적용해야 한다. 그 결과가 기존보다 더 나은 결과가 왔는지 모니터링 계획을 수립하는 것은 필수이다. 이 단계는 프로그래밍 씽킹 발전단계에 속하며 데이터 분석결과를 토대로 향후 발전 계획을 고민해 보는 과정이라 할 수 있다.

프로그래밍 씽킹 기반의 회의록 작성 비법

회의록은 회의 주체가 아닌 제삼의 인물이 회의에서 나온 내용을 정리한 후, 회의가 끝나면 회의 참석자와 안건과 관련된 사람들에게 내용을 공유하기 위한 목적으로 작성하게 된다. 좋은 회의록을 작성하기 위해서는, 회의 시작 전 회의를 준비하면서 아래와 같은 내용을 담은 회의록을 미리 작성해 보는 것이 좋다.

이때, 의사 결정이 필요한 항목, 회의 참석자에게 전달해야 할 내용, 회의 참석자에게 요청해야 할 문서나 데이터, 내가 알고 있는 사실이 불명확한 경우 확인하기 위한 체크 항목을 작성한다.

[그림 6-8] 회의록 예시

그리고 회의에 참석한 인원에게 미리 내용을 공유하고, 미처 회의에서 챙겨야 내용 중 빠뜨린 것이 없는지 확인해 달라고 요청한다. 이 과정은 매우 도움이 된다. 작성자가 미처 파악하지 못한 내용을 추가로 받을 수 있어서 회의를 좀 더 완벽하게 진행할 수 있으며, 회의 내내 주제를 벗어나는 일이 없도록 중심을 잡고 회의를 진행할 수 있게 된다.

회의 참석들은 아무 목적 없이 회의에 참석하는 것이 아니라 회의에서 진행될 내용을 미리 파악하여 능동적으로 회의에 참석한다.

회의 중에 회의록 작성

회의 중에 회의록을 쓸 때는 미리 작성된 회의록을 기준으로 보충 설명이 주로 이루어지며, 그 외의 내용은 별도의 타이틀로 작성해야 한다. 이때 활용하기 좋은 도구는 마이크로소프트의 OneNote이다. OneNote의 음성 녹음기능을 이용해서 회의 내용을 녹음하고, OneNote에 회의 내용을 작성할 수 있다. 또한, 회의가 끝난 후 작성된 내용의 특정 부분을 선택하면 그 내용이 작성된 시점의 음성녹음 내용을 빠르게 확인할 수 있다는 장점이 있다. 그래서 회의록을 작성하면서 회의 내용 중 이해가 안 되는 부분이 있다면, 회의가 끝난 후 음성녹음 내용을 들으면서 정리할 수 있다.

회의의 목적성을 잃지 않고, 효율적인 회의를 위해서 회의록을 미리 작성해 보기를 권한다. 회사(팀)마다 회의를 준비하고 진행히는 빙식이 다를 것이고, 이미 좋은 방법을 실행하고 있는 팀도 많을 것이다. 어떤 방법이 더 좋은지는 알 수 없고, 각 팀에 맞는 방법을 찾는 것이 매우 중요하다. 확실한 건 당신의 팀이 효과적인 회의를 위해서 아무것도 안 하고 있다면, 어떤 방법이든지 회의를 잘 하는 방법을 반드시 찾기를 권한다.

프로그래밍 씽킹

부록

예제 풀이

① 주차료 계산하기(난이도 ★★★)

A 백화점은 아래와 같은 주차요금을 부여하고 있다. 장애인의 경우 주차요금의 30%로 할인받을 수 있다. 조건에 맞게 프로그램 내부에서 일어나는 각 단계를 작성해보자.

구매금액	무료이용시간	주차요금
1만 원 이상	1시간	10분당 1,000원
2만 원 이상	2시간	
3만 원 이상	3시간	

＊ 키워드 및 경우의 수를 적어보고, 프로세스를 작성해보자.

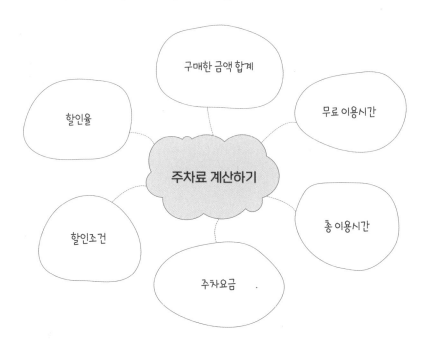

프로세스 작성하기

❶ 주차 시간을 확인한다.

❷ 영수증을 받고 총 구매 금액을 계산한다.

❸ 총 구매 금액이 1만 원 이상 2만 원 미만이면, 주차 시간이 1시간을 넘었는지 확인하고, 1시간 이하이면 주차요금은 0원이다. 1시간을 초과하면 주차 시간에서 1시간을 뺀 시간에 대해서 10분당 1,000원을 곱해서 주차요금을 계산한다.

❹ 총 구매 금액이 2만 원 이상 3만 원 미만이면, 주차 시간이 2시간을 넘었는지 확인하고, 2시간 이하이면 주차요금은 0원이다. 2시간을 초과하면 주차 시간에서 2시간을 뺀 시간에 대해서 10분당 1,000원을 곱해서 주차요금을 계산한다.

❺ 총 구매 금액이 3만 원 이상이면, 주차 시간이 3시간을 넘었는지 확인하고, 3시간 이하이면 주차요금은 0원이다. 3시간을 초과하면 주차 시간에서 3시간을 뺀 시간에 대해서 10분당 1,000원을 곱해서 주차요금을 계산한다.

❻ 장애인 여부를 확인하고, 장애인이 맞다면 3~5단계에서 계산된 주차 요금에서 30%할인을 적용해서 최종 주차 요금을 계산한다.

② 회원가입 문제(난이도 ★★)

　　포털 사이트에서 회원가입 페이지를 만들고자 한다. 회원가입 시 아이디, 패스워드 이름과 생년월일은 반드시 입력해야 한다. 아이디는 소문자, 숫자 조합만 가능하고 소문자로 시작해야 한다. 패스워드는 반드시 대문자와 숫자를 1개 이상 포함해야 한다. 생년월일은 8자리(년도 4자리, 월 2자리, 일 2자리) 숫자로 입력해야 한다. 입력하고 나면 "OO님 회원가입해 주셔서 감사합니다"라는 문구가 나타난다. 조건에 맞게 프로그램 내부에서 일어나는 각 단계를 작성해보자.

✻ 키워드 및 경우의 수를 적어보고, 프로세스를 작성해보자.

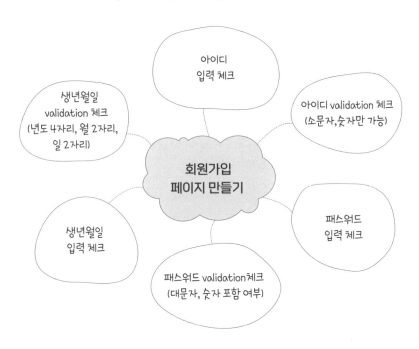

프로세스 작성하기

① 아이디가 입력되었는지 확인한다.

② 아이디가 입력이 되지 않았다면, "아이디를 입력하세요"라는 문구를 표시한다.

③ 아이디가 입력되었다면 입력된 아이디의 첫문자가 소문자 인지 확인하고, 소문자와 숫자로만 입력 되었는지 확인한다. 조건에 맞지 않으면, "아이디는 소문자, 숫자 조합만 가능하면 소문자로 시작해야합니다"라는 문구를 표시한다.

④ 패스워드가 입력되었는지 확인한다.

⑤ 패스워드가 입력이 되지 않았다면, "패스워드를 입력하세요"라는 문구를 표시한다.

⑥ 패스워드가 입력되었다면, 대문자와 숫자를 각각 1개 이상 포함했는지 확인한다. 조건에 맞지 않으면, "패스워드는 대문자와 숫자를 각각 1개 이상 포함해야 합니다"라는 문구를 표시한다.

⑦ 생년월일이 입력되었는지 확인한다.

⑧ 생년월일이 입력이 되지 않았다면, "생년월일을 입력하세요"라는 문구를 표시한다.

⑨ 생년월일이 입력되었다면, 8자리 숫자인지 확인한다. 년도에 해당하는 4자리는 현재년도 이하인지 확인한다. 월에 해당하는 2자리는 01~12 사이인지 확인한다. 일에 해당하는 2자리는 월에 해당하는 2자리, 즉 각 월별 마지막 날짜인 28, 29, 30, 31에 맞는지 확인한다. 조건에 맞지 않으면, "생년월일을 바르게 입력하세요"라는 문구를 표시한다.

⑩ "OO님 회원가입해 주셔서 감사합니다"라는 문구를 표시한다.

③ 구구단 게임(난이도 ★★)

초등학생을 위한 구구단 게임을 만들어보자. 무작위로 2단에서 9단 사이의 구구단 문제가 나오고, 문제는 30초 이내에 풀어야 한다. 답을 풀고, 정답이면 정답으로, 오답이면 오답으로 표기된다. 그리고 한 문제를 풀 때마다 10점씩 부과되고, 100점 이상이 되면 게임이 종료되며, 오답이면 5점씩 차감된다. 조건에 맞게 프로그램 내부에서 일어나는 각 단계를 작성해보자.

＊키워드 및 경우의 수를 적어보고, 프로세스를 작성해보자.

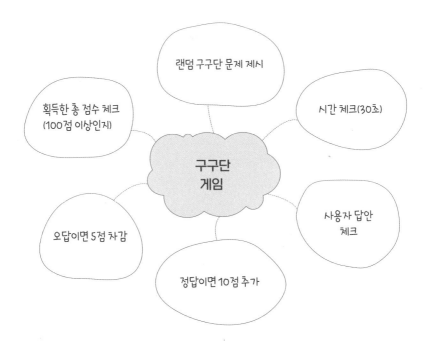

① 랜덤으로 2단에서 9단 사이의 구구단 문제를 제시한다.

② 사용자가 입력한 문제에 대한 답이 정답인지 확인한다.

③ 정답이 맞다면, 문제 제시 후 30초 이내인지 확인한다.

④ 3번 조건을 만족한다면, 사용자가 획득한 총 점수에 10점을 더해주고, 화면에 "정답(+10)"이라고 표시한다.

⑤ 3번 조건을 만족하지 못한다면, 사용자가 획득한 총 점수에서 5점을 차감합니다. 오답인 경우는 화면에 "오답(-5)"이라고 표시한다. 정답이지만 30초를 초과했으면 "정답(-5)"이라고 표시한다.

⑥ 4번인 경우는 사용자가 획득한 총 점수가 100점 이상인지 확인한다.

⑦ 사용자가 획득한 총 점수가 100점 이상이면, 게임을 종료한다.

글을 마치며

　필자는 오랫동안 IT 업계에 종사하면서 그동안 수많은 국내외 프로젝트에 참여하고 제품을 개발해서 해외시장에 판매해왔다. 그러는 동안 수많은 국내외 엔지니어와 협업을 할 수 있었고, 그중에는 정말 내로라 하는 실력을 갖춘 엔지니어들도 많았다. 지금까지 만난 뛰어난 소프트웨어 개발자들에게는 공통점이 있었다. 그들은 자신의 지식을 나누는 일을 두려워하지 않았고, 하루가 다르게 신기술이 쏟아지는 IT 업계에서 빠르게 변화하는 새로운 기술의 습득을 즐길 줄 아는 사람들이었다. 무엇보다, 그들은 자신이 하는 일을 너무나 사랑하고 있었다. 이들의 가장 큰 공통점 중 하나는 이들이 단지 소프트웨어 분야에 대해서만 전문가가 아니라는 것이다. 이들은 대단한 직관력을 가지고 있었고, 어떤 분야가 되었든 그 현상을 빠르게 분석하고 내면에서 일어나는 일련의 프로세스 과정을 이해하고 응용하는 방법을 알고 있었다. 그리고 이들의 호기심 역시 단지 소프트웨어를 개발하는 것에만 국한되어 있지 않다는 것이었다.

　이제 소프트웨어는 모든 비즈니스 분야의 기반 기술이 되었고, 소프트웨어가 접목되지 않는 비즈니스 분야는 찾아볼 수가 없다. 뛰어난 소프트웨어 개발자는 어떤 사고를 하고 있는 것일까? 필자는 이 책을 통해서 뛰어난 소프트웨어 개발자는 어떤 사고 과정을 통해 문제를 파악하고 해결하는지 그리고 어떤 훈련을 통해 그런 역량을 가질 수 있는지를 소개했다.

21세기에는 디지털 세상을 이해하고, 건전한 사고방식을 바탕으로 새로운 가치를 만드는 역량이 중요해졌다. 이제 소프트웨어는 모든 비즈니스 분야의 기반 기술이고, 소프트웨어가 접목되지 않는 비즈니스 분야는 찾아볼 수가 없다. 앞으로의 세상은 소프트웨어에 대한 이해가 필요하다. 소프트웨어 그리고 기계와 소통을 하려면 프로그램 언어인 코딩을 배워야 한다. 향후 어떤 분야에서 일하든 코딩이 없이는 경쟁력을 키우기 어렵다. 필자는 이 책을 통해서 코딩 문법보다는 코딩이라는 문법 자체가 어떤 사고 과정을 통해 문제를 파악하고 해결하는지, 어떤 훈련을 통해 그런 역량을 가질 수 있는지 소개했다. 사실 코딩이라는 것은 사람의 사고체계와 지식 습득 방식을 흉내 내면서 만들어진 것이다. 이 사고체계를 따르면, 논리적으로 문제를 해결하고 종합적으로 생각할 힘을 갖게 된다. 향후 미래는 지금 우리가 경험해보지 못한 빠른 전환이 될 것으로 예상한다. 2000년대까지는 경영학이, 2010년대에는 디자인 씽킹이 비즈니스를 앞서는 중요한 역량이 되었다. 2020년대에는 디자인 씽킹을 넘어 프로그래밍 씽킹을 할 수 있는 사람이 미래 비즈니스를 주도를 할 수 있는 시대가 될 것이라 확신한다.

필자는 오랜 시간 개발을 하고 학생들에게 코딩을 가르치면서 프로그래밍에 대한 매력에 빠졌다. 프로그래밍 언어는 다른 나라 엔지니어와 소통 할 수 있는 제3의 공통 언어이기 때문이다. 또한 코딩을 통해 만든 소프트웨어는 빠르고 많은 사람에게 전달될 뿐 아니라, 많은 사람에게 영향을 미친다. 내가 만든 소프트웨어가 누군가의 꿈을 이루는 데 도움이 되기도 하고, 누군가의 일을 좀 더 쉽게 할 수 있게 하기도 하고, 또 누군가에게는 그들의 또 다른 삶을 가져다주기도 한다. 이 책을 통해 독자들이 조금이나마 코딩에 대한 흥미를 갖고 코딩을 익히는 데 도움이 되었으면 한다. 더 나아가 프로그래밍 씽킹 기반으로 문제를 창의적으로 해결하는 능력을 배웠기를 희망해 본다.

책을 완성하는 과정이 순탄하지만은 않았다. 21년 경력의 개발자와 사회과학 전공의 교수가 만나 어떻게 독자들에게 코딩을 쉽게 알려줄 수 있을까 고민이 깊었다. 첫 시작은 코딩을 쉽게 알려 주자였지만 서로의 아이디어를 모아 '프로그래밍 씽킹'이라는 새로운 개념으로 확장되었다. 낯설고 새로운 개념을 알려주는 게 맞을까 아니면 안전하게 원래의 계획대로 돌아갈까 기나긴 논의를 했고 우리는 도전을 선택했다. 프로그래밍 씽킹은 코딩하는 데 도움을 줄 뿐만 아니라, 현실의 문제를 다각도로 관찰하고 논리적으로 해결할 방법을 제시하는 데에도 유용하다는 결론이 나왔다. 그 믿음으로 두 명의 필자는 힘을 합쳐 책을 완성해 나갔다. 그리고 우리의 믿음을 지지해준 비제이퍼블릭 출판사 담당자분들에게도 이 자리를 빌려 감사의 말씀을 전한다.

찾아보기

참고한 자료

참고한 자료

영상 – 유튜브 채널

개발자의 품격(https://www.youtube.com/개발자의품격)

노마드코더(https://www.youtube.com/노마드코더NomadCoders)

EBS 교양(https://www.youtube.com/EBSCulture)

뉴스

한국금융 - 코딩 필수의 시대(http://www.fntimes.com/html/view.php?ud=20180827191208695dd55077bc2_18)

그림 출처

들어가며

pixabay(https://pixabay.com/)

그림 1-1, 1-3, 1-4, 1-10

pixabay(https://pixabay.com/)

그림 1-2

code.org(https://code.org/)

그림 1-6

youtube - 잭 안드라카 TED 강연(https://youtu.be/PjCoWd7R48E)

디자인 씽킹을 넘어 프로그래밍 씽킹으로

: 코드 한 줄 없이 배우는 코딩

초판 1쇄 발행 2021년 01월 29일

지은이 고승원, 윤상혁
펴낸이 김범준
기획/책임편집 심지혜
교정교열 최현숙
편집디자인 비제이퍼블릭
표지디자인 이창욱

발행처 비제이퍼블릭
출판신고 2009년 05월 01일 제300-2009-38호
주 소 서울시 중구 청계천로 100 시그니쳐타워 서관 10층 1011호
주문/문의 02-739-0739   **팩스** 02-6442-0739
홈페이지 http://bjpublic.co.kr   **이메일** bjpublic@bjpublic.co.kr

가 격 12,500원
ISBN 979-11-6592-041-8